抵押出去的心

〔美〕卡森·麦卡勒斯——著
Carson McCullers
文泽尔——译

人民文学出版社
PEOPLE'S LITERATURE PUBLISHING HOUSE

著作权合同登记号　图字 01-2017-3758

Carson McCullers
The Mortgaged Heart

图书在版编目(CIP)数据

抵押出去的心/(美)卡森·麦卡勒斯著;文泽尔译.—北京:人民文学出版社,2017
(麦卡勒斯作品系列:珍藏版)
ISBN 978-7-02-013549-3

Ⅰ.①抵…　Ⅱ.①卡…　②文…　Ⅲ.①短篇小说-小说集-美国-现代　②散文集-美国-现代　③诗集-美国-现代　Ⅳ.①I712.15

中国版本图书馆 CIP 数据核字(2017)第 277272 号

责任编辑　**马爱农　邱小群**
封面设计　**高静芳**

出版发行　**人民文学出版社**
社　　址　**北京市朝内大街 166 号**
邮政编码　**100705**
网　　址　**http://www.rw-cn.com**

印　　制　**上海盛通时代印刷有限公司**
经　　销　**全国新华书店等**

开　　本　**890 毫米×1240 毫米　1/32**
印　　张　**7.875**
字　　数　**188 千字**
版　　次　**2012 年 8 月北京第 1 版**
印　　次　**2018 年 1 月第 1 次印刷**

书　　号　**978-7-02-013549-3**
定　　价　**55.00 元**

如有印装质量问题,请与本社图书销售中心调换。电话:010-65233595

目录

亡者寻求着生的视野，一个用飘渺的方式分配的深沉的空间。因为他们能够夺取爱的触摸，以及随之而去的，被抵押出去的心。

——卡森·麦卡勒斯

前　言

诺思亚娜·萨维诺[1]

一九四〇年，欧洲已陷入战争，美国尚未参战。此时的文坛上，出现了一位奇特的新人。她时年二十三岁，高挑、纤瘦，目光有力，说话时带着浓重的南方口音，穿一身长裤、衬衫，与当时的女性颇为不同。她是卡森·麦卡勒斯，一九一七年出生于佐治亚州。她小时候名叫露拉·卡森·史密斯，但她很快就弃用了“露拉”这个在她看来过于娇弱的名字。后来，她嫁给了一位名叫利夫斯·麦卡勒斯的军人。在她成名的城市纽约，原本没有人认识她，可几个星期后，她的名字出现在大大小小的新闻和评论里。因为她的小说处女作《心是孤独的猎手》在评论界和公众当中掀起了热浪。

在种族主义盛行，民权运动还很遥远的南方，伴随着夏季的潮热，这本书诚然受到了一些批评，但赞扬无疑占了上风。人们听到了一个新声音，领略到一种属于作家的感知力。她那精准的语调、对人性孤独的洞见、描写南方小镇的人情世故时所展现的笔力都令人惊异。最重要的是，面对那些因不符合他人期待而被排挤的人，她表现出关切与体贴。人们注意到了她笔下人物的品质与力量：约翰·辛

① 诺思亚娜·萨维诺（Josyane Savigneau），法国作家，麦卡勒斯研究专家。

格，一名聋哑人，叙事围绕他展开；米克·凯利，一位个子过高的女孩，她想成为音乐家（和卡森本人的愿望一样）；比夫·布兰农，咖啡店老板，小说人物们在他的咖啡店产生交集；本尼迪克特·科普兰，一位黑人医生，马克思主义知识分子；杰克·布朗特，嗜酒的造反派。约翰·辛格是孤独的极致化形象：聋哑的他在故事一开始就与他唯一的同伴、另一位聋哑人分开了（我们知道卡森·麦卡勒斯原本想给书取名为《哑巴》）。辛格成了其他人物的知心人，可他却无从吐露自己的心声，就这样死去了。

《心是孤独的猎手》确实是一部了不起的小说，它仿佛不是出自新人之手，而是由一位作家老手写成的，这位作者能够准确拿捏悲剧与幽默、感情与政治分析、反叛与热爱的比例。无论是过去的年轻人还是今天的年轻人，都能在米克·凯利这个形象中找到他们自己的痛苦。如果说有什么值得注意的评价，那应当是来自于麦卡勒斯后来遇到的黑人作家理查德·赖特。在一九四〇年八月五日的《新共和》杂志上，赖特毫不犹豫地将麦卡勒丝与福克纳相提并论，这或许有些夸张，但他强调了麦卡勒丝特有的品质："《心是孤独的猎手》令我印象最深刻的是那份对人类的惊人见解，凭借它，南方文学史上首次出现了这样一位白人作家，她用与对待自身种族一样的简洁和精准塑造了一系列黑人角色。这不仅关乎写作风格或政治立场，还来源于一种面对生活的态度，这种态度使麦卡勒斯小姐有可能避开周围环境的压力，将人类汇聚在一起，无论对白人或是黑人，她都抱有一视同仁的理解与温柔。"

作为一颗新星，卡森·麦卡勒斯结识了一些作家、艺术家，有美国人，也有逃到美国的欧洲人。如果说自戴高乐将军六月十八日的宣言之后，伦敦成为了抵抗运动的象征，那么对于那些从纳粹主义国家中逃出来的人们而言，纽约则是他们的流亡地。卡森与德国大作家托马斯·曼的两个孩子克劳斯、艾丽卡尤为相熟。克劳斯在一九四〇年六月二十六日的私人日记里写道："认识了有趣的新朋友：年轻的卡森·麦卡勒斯，优秀的小说《心是孤独的猎手》的作者。来自南方。身上有一种奇特的气质，融合了文雅与野性、柔美与天真。可能极有天分。"

第一部小说大获成功后，人们急切而又小心翼翼地等待着麦卡勒斯第二部作品的出版。一九四〇年六月十六日的《纽约时报》上写道："人们怀着担忧的心情等待着第二部小说。卡森·麦卡勒斯将标准定得太高了，不可能再次达到同样的高度。"一位年轻作家会被这样的话唬住。但卡森没有。她再次回到了工作状态。接下来，有必要列一份简短的人物传记了。

卡森和她的丈夫利夫斯都想当作家。他们曾有一个约定。一个人写作时，另一个人负责养家。一旦这本书写完了，两人就互换角色。《心是孤独的猎手》的巨大成功改变了这个约定。卡森继续写作。然而，由于她的第二部小说《金色眼睛的映像》发生在军营里，便总有传闻认为那其实是利夫斯·麦卡勒斯的作品。毫无疑问，利夫斯的军人生涯给卡森带来了启发与帮助。他一定提供了一些细节。可是，只需读一读他在战场上写的信——他参与了一九四四年六月六日的诺曼底登陆——就能知道，两人之中，卡森才是那个作家。尽管他的信十分详尽而且感人，但缺少了卡森那种独特的风格。

卡森的第二部小说完成于一九四一年初，在二月十四日出版，那天也是美国人热衷庆祝的情人节。《金色眼睛的映像》献给了安娜玛丽·克拉拉克-施瓦岑巴赫——一位年轻的瑞士女人，卡森通过托马斯·曼一家认识了她，然后爱上了她——在她心里，这份爱更多的是一种情绪、一种热爱，而非肉体之爱。五天后，也就是二月十九日，她二十四岁了。她返回南方，不再出入纽约知识分子圈，但她依然是一九四一年初风头正劲的作家。诗人路易斯·昂特迈耶（1885—1977）为她写了被美国人称作“广告”的东西，这种宣传语会占据封面的四分之一，由著名的作家撰写，彰显前辈作家提携新人的“文学授勋”传统。路易斯·昂特迈耶写道：“故事具有一种内在的冲动，同生活本身一样自发且无可回避。它层层发展，伴随着各种离奇、阴暗的转折和突如其来的幽默，又自然而然地走向了意料之外、情理之中的结局。对我来说，这是目前出版的最与众不同的作品，是美国有史以来最引人入胜、最令人不安的故事之一。”

现在，许多人都同意田纳西·威廉斯在一九五〇年的再版后记中说的，《金色眼睛的映像》也许是卡森·麦卡勒斯最厉害的一本书。最挑衅。最细致、紧张、干涩。对日常的观察巨细靡遗。最不多愁善感，对人际关系的残酷抱有最无声的冷漠。

这部小说震惊了清教徒众多的美国。一九六七年，在卡森·麦卡勒斯去世几天后，约翰·休斯顿从这本书中获得灵感，与马龙·白兰度、伊丽莎白·泰勒一起制作了一部精彩的电影，同样震惊了那些道德家联盟。一九四一年，评论家们讨论这部小说的技巧，并将它与《心是孤独的猎手》进行比较，以此掩饰对它根深蒂固的反感。人们说它写得太快，认为它太病态、太反常。有些人认为它比第一部写得更早，没有经过充分的修改就出版了。《纽约时报》节制地表达了失望："精明的读者，无论他们在文学上的品位和喜好如何，都认为《心是孤独的猎手》令人难以忘怀。这部更短、更脆弱的小说也部分地展现了相同的品质。但它显然比第一部要差一些。"人们或许会想要更多的论证，好知道它差在哪里。然而，令人震惊的是卡森·麦卡勒斯对被认为是"反常"的东西的关注。无比喜爱《心是孤独的猎手》的评论家罗斯·费尔德也写道："我们把麦卡勒斯女士比作威廉·福克纳：事实上，她似乎试图向福克纳最病态的部分看齐。"由于诸多言论针对这种病态，针对她对"反常"的喜爱，卡森·麦卡勒斯不得不多次表达自己对这部小说的观点，更多的是对文学中"正常"的看法。她试图在《写作笔记》中总结："对病态的指责是不公正的。只能说，作家的写作是从他潜意识里的种子开始的，这粒种子一点一点地生长。大自然从不反常。只有缺乏生命力是不正常的。"一九六七年，去世前不久，她在《金色眼睛的映像》的笔记（保存于得克萨斯州奥斯汀市卡森·麦卡勒斯基金）中写道："我忙于各种家务，每天打扫我们的小公寓。我累了。我没有想到要开始写另一本书，但一不留神，站岗士兵这个灵感就占据了我的大脑，我写下：和平时期的陆军驻地沉闷寂静。一个又一个人物在那里诞生，在那里确立（……）这个故事侵入了我的生活，我从来没有写得如此愉悦。叙事的风格是最重要的，字词的奇迹每一天都令我陶醉。通常情况下，我平均每天写一页，但令我惊讶且快乐的是，这篇故事我每天能写四页，有时甚至能写到六页。"

接下来，卡森·麦卡勒斯的主要任务便是与疾病战斗，努力存活，不顾一切地写下去。疾病最初的几次发作是在《心是孤独的猎手》出版后不久，却未被正确诊断。这是一种急性类风湿关节炎，发作了好几次，因误诊而未引起关注，最终导致她身体左侧瘫痪。此外，她的情感生活一片混乱。她和利夫斯·麦卡勒斯先是离婚，后又复合。一九四二年十一月十五日，她爱着的安娜玛丽·克拉拉克-施瓦岑巴赫从自行车上摔下来，死在了瑞士。这对她打击很大。

安娜玛丽·克拉拉克-施瓦岑巴赫去世时刚刚三十四岁。卡森二十五岁。她不知道自己已经走过了一半的人生。但她朦胧地感觉到，安娜玛丽的死亡以悲剧的方式为她的青春烙下了结束的印记。随后，利夫斯·麦卡勒斯去了战场。她成了一个战争新娘，不断地给利夫斯写信，等候回音——他在信里讲述自己在法国的见闻，以及对这个国度的爱。一直以来，卡森都爱喝酒精饮料，尤其是热樱桃茶，里面的樱桃往往比茶更多。这逐渐导致其健康的恶化，显示出她的一种自我毁灭的倾向。

一九四五年，卡森·麦卡勒斯决定在三月十五日完成新小说《婚礼的成员》的手稿。于是，她回到了前一年夏天拜访过的耶多艺区——位于萨拉托加温泉市的作家之家。她做事有恒心且严谨。她反复修改某些段落，把它们拿给耶多的经理伊丽莎白·艾姆斯过目。在伊丽莎白的鼓励下，她一丝不苟地工作了两个月。八月末，她把完成的手稿拿给伊丽莎白。伊丽莎白在夜里读后对她说："我知道，它终于完美了。"这是一九四六年，距离这本书的出版还有几个月的时间。她感觉到自己的作品又将完成。彼时她刚刚写完《伤心咖啡馆之歌》，一部中篇小说，很久之后才和其他几篇中短篇合集出版。

《婚礼的成员》出版于一九四六年三月十九日，献给了伊丽莎白·艾姆斯。一些评论家将它视为卡森的"代表作"。它在南方又成了人们谈论的禁区，但这一次，故事不是发生在陆军驻地。一九四四年至一九四五年的几个月里（除了结尾之外，故事集中发生在一九四四年八月末），一位少女诉说着她生活的痛苦、她的孤独。她强烈地宣告想要"参与"某事的疯狂欲望，特别是她哥哥贾维斯与嘉尼丝的婚礼。在美国，"婚礼的成员"几乎成为一个流行语，用来指那些热切希望"归属"于某个群体、某个团体的人。弗兰西丝·洁丝敏·亚当斯，她自称"弗兰淇"或"弗·洁丝敏"，显然是《心是孤独的猎手》中米克·凯利的姐妹。她也是卡森的姐妹，一个长得太快的少女——"这个夏天她长得这么高，简直成了一个大怪物。她的双肩很窄，两腿太长"。青少年们能够从她身上看见自己，看见自己对身体的窘迫，对身体发育的害怕，担心随着时间的推进，他们将不可避免地成为大人。和卡森本人一样，弗兰淇表达了抗拒："我希望我是别人，反正不是我自己。"她对雪和寒冷的幻想与卡森童年时期一样。弗兰淇有两个对话者，一个是黑人女佣贝丽尼斯·赛蒂·布朗，另一个是弗兰淇的表弟约翰·亨利·韦斯特，这个六岁小男孩总是惹恼她，可她却不自觉地爱着他。这份三角关系不是她所渴望的。她想与她的哥哥、哥哥的未婚妻再创造一段关系。这个奇怪的状况在同样奇怪的几天后被揭露。婚礼开始了。十三岁的弗·洁丝敏用回了自己的本名，弗兰西丝。到这里，麦卡勒斯已经能够创作出一部简练、诗意、哀而不伤的小说了。音乐在这部小说中的分量不如《心是孤独的猎手》，但像往常一样，音乐依然在麦卡勒斯的作品中组织着话语。如果说，弗兰淇的角色更接近《心是孤独的猎手》而非《金色眼睛的映像》，这部小说的叙事则与《金色眼睛的映像》有着相同的厚度和力度。

许多评论家认为《婚礼的成员》是卡森·麦卡勒斯绝对的代表作，远远领先于她的其他作品，很可能是因为他们从中发现了更明显的自传性。当然，这篇小说的自传性是卡森作品中最清晰的，是对青春期作为人生关键时刻的戏剧化肯定。卡森·麦卡勒斯认为，青春期中的人们处于一种以后不可能再达到的清醒状态。这当然是值得商榷的。与卡森的另外三部小说及其他作品相比，《婚礼的成员》运用了减少作品力度的方法。在《婚礼的成员》里，人们会错误地相信这是一个“关于青春期危机的故事”，成功地找回了“从童年迈入青春期的那个难以捉摸的时刻”，就像《时代》杂志上写的那样。在《金色眼睛的映像》以及后来的《没有指针的钟》里，不适感直接针对读者，迫使他们认为虚构对他们自身的叙述与对作者、对书中人物的叙述一样多。

我们看到，评论家在谈论《婚礼的成员》时要和缓许多。有些评论家相当赞赏它，并因此将麦卡勒斯视为一位“独特的作家”，一位“推荐作家”。几个月后，这本书却在英国遇冷。人们批评卡森缺乏敏感性，“用福克纳最差的水平写了一篇尴尬、浮夸的小说”——将她与福克纳相比总归是一种褒奖，想到这里，她多少能获得一些安慰。在美国，极富声望的埃德蒙·威尔逊刊发在《纽约客》上的批评最为严苛，但也比英国的那些评论更加高明。他审慎地评价，卡森·麦卡勒斯是一位才华横溢的作家，心思十分敏锐，但“似乎不擅长将自己的才能运用于真正的戏剧性主题。她最新的小说《婚礼的成员》是戏剧性的，但相当不真实”。威尔逊谨慎地总结道：“我希望我面对这本书时没有表现出愚蠢，因为这本书让我恍惚有种上当的感觉。”威尔逊不可能愚蠢。但他或许有些过于传统，稍稍有些大意，因为，只需认真阅读文本就能发现，他那些用来佐证自己观点的评价其实是错的。卡森·麦卡勒斯对威尔逊抱有极大的敬意，这一负面评论使她无法平静。她因此发誓，永远不看别人针对她作品所写的东西。显然，她没有信守诺言。

就在这部小说出版之后，她认识了田纳西·威廉斯，一直到她去世，他都是她最亲密的伙伴，坚定不移地捍卫她，抵挡那些关于她的陈词滥调——“繁琐”“具侵略性”“不够自主”“对任何接近她的人来说都是负担”。一九七五年，弗吉尼亚·斯潘塞·卡尔写了一部关于卡森的传记，名为《孤独的猎手》，威廉斯为它撰写了前言。他有一段文字被卡森·麦卡勒斯的妹妹玛格丽塔·史密斯引用在《抵押出去的心》的序言中，这段文字详细地叙述了他与卡森·麦卡勒斯的相识：“这位终于被我发现的新朋友，她似乎也有趣地、神奇地游离于我们这个世界，如同黑夜本身。”这两位作家都被视为“可怕的孩子”“在自恋中不可自拔”，可他们却每天都在同一张桌子上一起工作。威廉斯认为卡森应该将《婚礼的成员》改编成戏剧。由于她没有他那样的戏剧写作经验，他便给她提了很多建议，以便她能写好这部戏。但她很快就不再来了，因为她和利夫斯复婚了，利夫斯想让她见识一下法国。于是，一九四六年十二月，他们待在巴黎。战后，人们为了忘掉悲伤，常常聚会庆祝。卡森和利夫斯总是在狂欢，很少睡觉。利夫斯参与了解放法国的诺曼底登陆，以英雄的身份出了名。卡森则被视为一位年轻的文学奇才而受人崇拜，《心是孤独的猎手》和《金色眼睛的映像》都被译成了法语。利夫斯对所有愿意倾听的人说，来到欧洲对他意味着重生。然而，他们违背了复婚时彼此许下的节制饮酒的承诺，他们喝得更多了，每天都喝，甚至每人每天都要喝掉一瓶白兰地。一九四七年春天，卡森刚满三十岁，她还不知道，这是她作为一个仅仅身体虚弱而已的年轻女子所度过的最后一个春天，此时的她并没有真的患上不可治愈的疾病。然而，几个月后，每个遇到她的人看到的都是一个残疾了的她——夏天，她突然发病，导致身体左半边瘫痪。尽管如此，她依然决定留在法国，立刻开始撰写新书。然而到了十一月，她再次生病住院。利夫斯和她于十二月一日回到美国，发誓永不再去欧洲。

直到一九四七年圣诞节临近，她才出院。接下来的一年似乎非常痛苦。三十岁的她是否是一位落魄的小说家、作品注定流产的剧作家？那些乌鸦嘴认为是的。但田纳西·威廉斯不这样想。卡森和利夫斯又分开了，她像抓住救生圈一样紧紧抓住了她的写作欲望。她想看到《婚礼的成员》变成戏剧。可她身体很虚弱，经常病倒，总是左半身瘫痪——直到去世都是如此，而田纳西·威廉斯此时在欧洲，在罗马。一九四九年着实是艰难的一年，一切都没有起色。她又病了。她收到了田纳西·威廉斯为《金色眼睛的映像》的再版所写的精彩文章，可她甚至没有力气感谢他。她被病痛折磨，动一动都困难，但仍然调动了身上所剩的全部精力去完成她的戏剧。一九四九年的夏天和秋天，她跟踪着这部戏的整个制作过程：从导演到演员。十二月二十二日，这出戏在费城预演，随后轰动纽约。评论在一开始就非常积极。一九五〇年，距离她成功出版第一部小说《心是孤独的猎手》已经过去十年，卡森·麦卡勒斯重新回到了文艺界。一九五〇年一月五日，《婚礼的成员》在纽约百老汇剧院首演。演出结束时，公众起立致敬。所有的评论都看好这部戏，有些甚至认为它非常卓越。《纽约时报》用“恩典”来评价卡森·麦卡勒斯和演员们的表现。成功迅速到来。这部戏一直演到了一九五一年三月十七日，为卡森带来了大量的现金收入，保证了她的物质生活。这部戏获得了由戏剧评论界授予的季度最佳戏剧创作奖。接着，她又获得了百老汇处女作奖，然后是年度戏剧评论家奖。她在技术上并不纯熟，但她拥有现代戏剧的品位。她的小说焕发了第二次生命，她觉得这振奋人心的新开始也令她重生了。她和田纳西·威廉斯的巨大肖像出现在一九五一年四月的《时尚》杂志上。五月，她出版了小说集《伤心咖啡馆之歌》，收获了评论界的一致好评，书很畅销。一九五二年初，她当选美国艺术文学院成员。

卡森·麦卡勒斯的人生似乎重新起航了，但这不包括她的疾病以及与利夫斯之间的关系。为了让自己的身体有所好转，她尝试了一种又一种排毒疗法。但卡森明白，从今以后她再也不会有灵活的四肢了。就像那些永远意志薄弱的青少年一样，卡森和利夫斯再次食言。一九五二年初，他们前往欧洲。第一站是罗马，卡森在那儿写她的新小说《没有指针的钟》。前来拜访她的人觉得她总是“处在酒精的迷雾中”。到了法国，他们定居在巴希维莱尔的弗克桑，一所被花园环绕的神甫住宅里。他们与花园里的瓜果蔬菜为伴，享受着健康的生活。但很快，酒精取代了健康的食物。卡森的法国编辑决定把她写的所有东西都翻译出来，可是巴希维莱尔发生的事情令他担忧，他不知道卡森是否在写她的小说。天知道。利夫斯和她返回意大利待了两个月，当他们十月份回到巴希维莱尔时，一场不可逆转的灾难发生了。《没有指针的钟》的手稿遇到了问题。利夫斯声称自己写了一本书，但他主要是在参观酒窖。他们常常争吵，相互冲对方大喊大叫。一九五三年的夏末，卡森飞往美国，在尼亚克与她的母亲见面，那里也是她结束生命的地方。从此，她再也没见过利夫斯。十一月十九日，他被发现死在巴黎某旅馆的房间里。是自杀？是药物和酒精过量？我们永远无法了解真相，但我们知道，几个月前，利夫斯曾向卡森提议一起自杀。卡森认为，利夫斯应该被葬在巴黎，这座他深爱的城市。但利夫斯的家人没有同意。

卡森·麦卡勒斯病得越来越重，她唯一的念头就是：为写作活下去。她要写完《没有指针的钟》。在尼亚克，她还没有遇见她的医生玛丽·默瑟博士——她照顾她，支持她，延长她的生命。人们看到才三十六岁却如此憔悴、痛苦的卡森时，都无法想象她能活这么久。一九五四年夏天，卡森回到耶多，完成了戏剧《奇妙的平方根》的初稿，并且继续写了一点《没有指针的钟》。当她离开耶多时，所有人都以为再也见不到她了，以为她会跟随利夫斯·麦卡勒斯而去。利夫斯曾说，她是“坚不可摧的”。耶多的住客们错了，利夫斯对了。写作的意愿赋予了她毋庸置疑的力量。她没有待在尼亚克，因为害怕与世隔绝的感觉。她常去纽约。一九五五年四月，她在基韦斯特和田纳西·威廉斯重聚。两人一起写作。但困难突然出现。卡森的母亲，玛格丽特·沃特斯·史密斯，在一九五五年六月十日溘然去世，享年六十五岁。那个一直关怀她的女人不在了，卡森只剩一个选择：放弃抵抗，向疾病投降，也许会死，也许能争取做一个出色的作家。如果她必须放弃，她早就放弃了。然而，一九五六年是可怕的一年，她的左臂让她越来越难受。但她依然完成了戏剧《奇妙的平方根》，并在第二年上演。结果是一场灾难。难道她不该把更多的注意力放在小说《没有指针的钟》上吗？这次失败让她不知所措。她觉得自己不能再写了。她就像她的人物弗兰淇一样叹道："我的感觉真真切切，就像有人把我的整张皮给剥了下来。"

时间到了一九五八年，卡森既不抱希望也毫无计划。一位精神病专家朋友将卡森介绍给自己的同行，玛丽·默瑟博士，她在一九五三年搬到了尼亚克。这是一次决定性的会面。卡森对心理疗法颇为抗拒，本无意参与这场精神分析的冒险。因为卡森并不富裕，玛丽给每个疗程定价十美元。多亏她的治疗，卡森重新开始工作了。一九五九年夏天，卡森十分高兴，因为《没有指针的钟》的手稿已经过半。一九六〇年十二月一日，手稿完成。她耗费了十年的时间和巨大的心力才完成了这部作品。她上一本伟大的小说《婚礼的成员》完成于一九四六年，就在"重病时期"开始前。《没有指针的钟》献给了玛丽·默瑟，出版于一九六一年九月十八日，连续六个月排名畅销书榜的前六位。由此看来，卡森·麦卡勒斯一直拥有等待她的读者，以及声望。

当然，这又是一部关于南方的小说。在一个小镇里，有一位年迈的南方法官和他的孙子，以及一个年轻的黑人男孩——他有一双不知从哪儿混血来的蓝眼睛，另外还有一个四十岁时会死于白血病的男人。卡森·麦卡勒斯已经很久没回南方了，但正如她反复说的那样，生在南方，便永远属于南方，即使厌恶种族主义，厌恶它给黑人群体的日常生活带来的所有不幸。确切地说，《没有指针的钟》是卡森·麦卡勒斯最直面这个主题的作品。这是一本关于死亡和种族问题的书。有评论写道："她的意图，是在最深的层面，也就是人类灵魂最隐秘的皱褶里，与我们分享这个问题，因为问题就藏匿在那里。"一九六一年的那个秋天，没有哪家报纸不在谈论《没有指针的钟》。卡森·麦卡勒斯的作品还从未引起过那么多讨论。如果说英国方面的评价都是正面的，美国这里则褒贬不一。评论的文章通常很长，火力十足。《时代》杂志这样写道："死亡是卡森·麦卡勒斯小说公认的主题，但我们没有感觉到它黑暗、强大的存在。相反，我们只看到了这种缺乏生命的死亡仿冒品。"在《纽约客》上，人们甚至懒得分析，一则简短的评论总结说："谈到麦卡勒斯女士那扭曲、啰嗦的文字，便让人奇怪地联想到一张凌乱的床。"在读这些话的时候，我们尤其能感受到来自文学批评家们古怪的冷漠。

鉴于这一切，我们渴望记下戈尔·维达尔在《纽约记者》里的话，更何况人们知道他往往并不宽容，对卡森·麦卡勒斯更是如此："从技术上讲，它会让你屏住呼吸，看到麦卡勒斯如何设置一个场景，然后在上面钉上一个又一个角色，从一句话、一行字中萌发生命。"他认为，她的小说与福楼拜的《简单的心》相似："里面没有任何虚假的字符。她的文字天赋仍是我们文化中少有的、幸运的成就之一。"

然而，越来越多的人认为，《没有指针的钟》可能是卡森·麦卡勒斯最糟糕的一本书。是因为田纳西·威廉斯对它的喜爱不如前几本吗？是因为伟大的作家奥康纳讨厌它是“分崩离析的典范”吗？还是因为人们很难承认，一个被放弃又被拾起、一半手写一半口述的文本仍能神奇地保持其魅力、独创性和内在的音乐性？然而，当一个人了解了卡森遭受的痛苦，看见她面临死亡时的样子，那么他会在读第一句话时就被打动：“人终将一死，但死法千差万别。”在《没有指针的钟》的结尾，卡森·麦卡勒斯又写道：“可他的生机正离他远去，而在弥留之际，生活呈现出马隆从未知晓的井然之序，一切都变得简单。”尽管这最后的战斗取得了胜利，可她怎么能不想到这即将离她而去的生机？她同意接受一些记者的采访，他们试图不让她察觉出，她在他们眼中有多么脆弱。她身高一米七五，体重还不到四十五公斤。她在轮椅上费了好大力气才能站起来接待他们，为他们提供波旁威士忌，并用南方的方式问一句：“要给身体来点儿托迪酒吗？”

卡森·麦卡勒斯笔下的J.T.马隆，“他的气势、生命力已经消失了，而且他似乎也不再需要它们”。卡森并非如此。她想继续往前走，再坚持一下，出门转转，去百老汇看田纳西·威廉斯新戏的首映，去爱尔兰见约翰·休斯顿——他将《金色眼睛的映像》改编成了电影。一九六七年春天，她成功地进行了这次爱尔兰之旅。她在那儿待了一个星期。这是她最后的幸福时光。她被视为明星，但几乎连说话的力气都没有。她回来的时候，开心地在《纽约时报》里找到了一幅大肖像，标题写着“弗兰淇五十岁了”。她确实刚满五十岁。连美国总统都看她的小说。一九六七年对她来说似乎没有之前的两三年那么可怕了，但在八月十五日，她再次发生了严重的脑瘫。她完全瘫痪，不省人事。九月二十九日上午，昏迷四十七天后，她在尼亚克医院去世。人们意识到，一个短暂的人生结束了，她留下的作品数量不多却具有强大的生命力——几年后，她的作品出现在著名的“美国文库”中，就证明了这一点。

人们没有想到的是，虽然卡森·麦卡勒斯去世了，但她的作品并没有结束。她的妹妹玛格丽塔·史密斯曾在母亲去世时因遗产问题与卡森产生分歧。她决定将卡森的文章收集起来。她编辑了《抵押出去的心》并撰写了前言，这本书于一九七一年出版。这是一本小说、散文和诗歌的合集，其中收录了卡森·麦卡勒斯在十六岁时写的第一篇短篇小说《吸管》。在序言中，玛格丽塔·史密斯大量引用了田纳西·威廉斯对卡森的回忆文字，包括卡森的一些生活片段，尤其是她离开南方故乡到达纽约时遇到的困难。玛格丽塔提到她和卡森一起住过的房间，“面朝一片安第斯丁香和日本木兰”，她们还分享了“同一张红木床”。这是一个看似琐碎的细节，但如果我们知道卡森一生中多么害怕一个人睡觉，多么无法独自生活，这个细节就有了很多意义。在这本文集的引言里，玛格丽塔·史密斯强调，弗兰淇这个脆弱少女就是卡森·麦卡勒斯本人。在她眼里，这是最像卡森的一个角色。尽管发生了那些让她们产生隔阂的事情——尤其是她们的母亲对卡森有着明显的偏爱——玛格丽塔·史密斯在谈到她的姐姐时仍然带着深深的爱意，她回忆她那南方语调的甜美嗓音、她对“漂亮故事”的喜好，说“她美化了自己生活中最值得注意的瞬间”。在读《抵押出去的心》时，我们还能发现一件事：比她早几年出生的南方作家尤多拉·韦尔蒂擅长写短篇小说，长篇小说则欠佳，但卡森能完美地掌握这两种体裁。她最后一本文集就是如此。那是她一九五五年写的，当时她在基韦斯特，与田纳西·威廉斯一起。“再也不能写了”对她来说只是身体的问题，由疾病所致。她写作的欲望从未停止，思想或想象力也从未干涸。也许正是因为她所有作品中都流露出的这种能量，因为她永恒的敏感的青春，她打动了一代又一代青少年，他们从米克·凯利和弗兰淇的身上看到了自己的不安。而作为成年人，我们更是清楚地看到了她的才华、她的写作技艺、她风格中的音乐性。我们知道，她是二十世纪美国文学中最令人迷醉的声音之一。伟大的作家往往会被误解，因此他们的作品需要流传，需要捍卫，需要被阅读。

（郁梦非　译）

早期小说

吸　管

就像是我曾一直拥有自己的独立房间似的——“吸管”与我同床而眠，却也不打扰到什么。房间是我的，可以随我所愿、任意使用。我记得以前有一次，自己还在地板上锯了活板门呢。去年，作为一名高二学生，我在墙上钉了些杂志女孩的相片，其中有张仅仅穿了内衣而已。我母亲从不来烦我，因为她还有更小的孩子们得去照顾。“吸管”则认为我所做的一切事情都棒呆了。

每当我要带随便什么朋友到我房间里来的时候，需要做的就只是用眼神示意“吸管”一下。那样，他就会从一切正忙着的事儿里面抽身，或许还会给我个若有若无的微笑，之后便一言不发地离去。他从不带孩子回来。他十二岁，比我小四岁，并且，他十分清楚——甚至都不需要我特地去告诉他——我不想要他那个年龄的孩子碰我的东西。

大部分的时间里，我都已经忘记“吸管”其实不是我的亲兄弟了。他是我的表弟，可实际上，打从我记事起，他就一直住在我们家里。你可知道，他的亲人们全在一次事故中丧生，当时他还只是个婴儿。对于我和我的妹妹们而言，他跟亲兄弟没什么两样。

“吸管”总是会去记住并相信我所说的每一句话。这也正是他收获这个外号的原因。好几年前，我曾跟他说，如果他撑着雨伞从我们家车库上跳下，雨伞便可以起到降落伞的作用，他也就不怎么会摔到。他这样做了，摔烂了他的膝盖。这不过是举个例子。好玩之处在于，无论他被捉弄过多少次，仍旧还是选择去相信我。他可并不是傻，或者可以这样说——这不过是他与我之间相处的方式而已。他会看着我做的每一件事，然后默默纳入记忆之中。

从中我领会到一件事，但它使我感到内疚，于是很难说出口来。如果某人对你万分崇拜，你便会轻视他，对他满不在乎——反而恰恰是懒得搭理你的某人，会让你很容易去崇拜。这很难理解。梅布尔·瓦茨，这位学校里的高年级女生，表现得她好像是示巴女工[1]似的，甚至还羞辱过我。而与此同时，我却愿意做任何事情来吸引她的注意力。我日日夜夜想着的全是梅布尔，想得我近乎发疯。当“吸管”还是个小小孩时，以直到十二岁为止的我的眼光来看，我对他正如梅布尔对我一样，糟糕得很。

现在“吸管”变得太多，以至于有点儿难以去记起他曾经的模样。我从未想过，会有这样突如其来的事情发生，将我们俩给改变了

---

① 示巴女王：《旧约·列王纪上》中朝觐所罗门王，以测其智慧的东非女王，以美貌著称。

个彻头彻尾。我也从不知道，为了自我的脑海中掘出曾发生过的事儿，竟会想要去回忆起像是个谎言般的、曾经的他来——拿来做比较，并且试图去解决问题。如果那时，我可以预知未来的话，没准就会采取不同的行动了。

我从未过多地去在意他，或者想着他什么。你如果考虑到，有多长时间我们是住在同一间屋子里的，就会发现，我只记得这么丁点儿关于他的事情，是很可笑的。当他觉得自己孤独时，经常自言自语地讲很多话——全是关于他大战匪徒、身系农场之类的小孩子玩意儿。这时候，他会去到浴室里，并且，在那儿待上一个小时那么久。有时，声音还会逐渐升高、兴奋，那样一来，你就能够在整间屋子里听见他的声音。不过，通常而言，他是很安静的。他在附近没有多少能够交得上朋友的男孩子，而且，他的表情，看上去就像是一个正看着别人玩游戏，随时等待着受邀加入的孩童那样。他不介意穿上我穿不下了的毛衣和外套，哪怕因为袖子拖长太多，使他的两侧手腕看上去就跟小女孩儿一样细弱白皙也不在乎。我记住他这个人的方式，是这样的——每年都长大那么一点点，但却还是同一个样子。那，就是直到几个月之前为止的、正赶上所有这些麻烦开始时的“吸管”了。

梅布尔——不知怎么地，她也卷入到了发生过的那些事儿里，因此，我想，我该先从她开始讲起。自从认识了她之后，我就再也没在其他女孩子们身上花费太多的时间了。去年秋天，她曾在普通科学课[①]上

---

① 普通科学课：进步教育运动时期，美国初中和高中一年级开始普遍开设“普通科学”（general science）课，内容涉及学生日常生活中常见的科技现象及其原理。该门课程尤其重视科学方法的训练，目的是使中学生受到基本的科学教育。

与我同桌，我也正是从那时候开始留意到她的。她的头发，是我从未见过的最闪耀的金黄：偶尔，她还会使用某种胶状物，把头发给弄成卷的。她的指甲被修尖、被打磨妥帖，再被涂抹上一层亮红。整堂课上，我都在欣赏梅布尔，差不多是全部的时间了——除了我觉得她将要看我或者老师叫我的时候。我完全没办法将我的视线从她的双手上移开——这算是原因之一。除了那些红颜色之外，那双手是娇小又雪白。当她要给哪一本书翻页时，总是先舔一舔大拇指，再伸出小指来极慢地翻过。描述梅布尔，那根本就是全无可能。所有的男孩子都为她而疯狂，可是，她甚至都没有留意过我。首先，她比我差不多大两岁[①]。于是我就时不时地试着去穿过人群，故意在礼堂中跟她挨得很近，可她几乎就从来没对我笑过。我能做的全部事儿，就是在课上坐着欣赏她——有时，感觉整个教室都能够听见我的心跳声了。我等着受责骂，或者要么就匆忙地离开教室，没命似地逃远。

夜里，在床榻上时，我会对梅布尔展开幻想。通常，这会让我失眠到深夜一两点钟。有时候，“吸管”会醒过来，问我为什么不能够安稳睡下，而我，则会叫他闭上嘴。我想呀，我这么凶他已经有很多次了。我猜，自己是想要无视某人，就好像梅布尔对我所做的那样。你总是可以从“吸管”的脸上看出来——他的感情是被伤害到了。我记不起所有那些恶毒的话语了（我肯定是说过了的），因为，即使是当我在那样说的时候，我的心，也还是在梅布尔那儿。

那情况，持续了将近三个月，然后，不知何故，她开始转变了。

---

① 此处暗指梅布尔比叙述者的年级数高，因此他们在礼堂中时不会站在一起。

在礼堂里她会跟我讲话，每天早上，她会抄我的作业。有一次午餐时间，我还跟她在体育馆里跳舞。一天下午，我鼓起勇气，带着一盒香烟去了她家。我知道她在女厕所里面抽烟，有时是在外面或者学校里——我可不想给她带去糖果，因为我觉得那样肯定会搞砸的。她的反应美妙，于是，在我看来，一切都将要改变了。

那天夜里，大麻烦真正开始。我回房间时天色已晚，“吸管”早已经入睡了。我极度快乐、神经紧张，翻来覆去地想要找一个舒服的睡姿。我一直醒着、想着梅布尔，想了好长时间。然后，我做梦梦到了她，似乎是吻了她。睁眼梦回，看着眼前一片漆黑而惊讶——我静静地躺了一小会儿，直到慢慢回过神来，才了解到我是身在何处。屋子里很静，这是个深黑的夜晚。

“吸管”的声音，对我而言，等同于惊吓，“皮特？……”

我没回答，甚至连动都没动一下。

“你就像我是你亲弟弟一样地喜欢我，对么皮特？”

直到确认这确实是我真实的人生长梦，而非其他什么别的梦境为止，我都还不能够从惊讶里面回过神来。

“你一直喜欢我，就当我是你的亲弟弟一样，不是么？”

“当然。”我回答道。

然后，我坐起来了几分钟。天冷夜凉，从梦里回到自己的床铺上，我很高兴。“吸管”过来靠在我的背上。我觉得他瘦小又暖和，我的肩膀可以感觉到他温热的呼吸。

“无论你做过些什么，我始终都知道，你是喜欢我的。”

我现在特别清醒，我的种种想法，似乎是被用一种奇怪的方式给搅和到了一起。在想法之中，有与梅布尔相关的欢乐，以及类似种种——但与此同时，关于“吸管”的一些事儿，以及当他说着这些事情时的语气，引起了我的注意。无论如何，我猜，一个人高兴时，总比他被什么事情给扰乱时，看人看得要更清楚些。好比是我，直到那时候为止，都一直没能够去好好想一想关于“吸管”的事儿。我察觉到，我一直都对他很坏很坏。几周前的一个晚上，我听到他在黑暗中哭泣。他说，他弄丢了一个男孩的BB枪，很害怕会被什么人知道。他想要我来告诉他，应该怎么办。我很困，便试图使他安静下来，当他表示不情愿时，我踹了他……这还只是我能够记得的、很多类似这样的事儿中的一件而已。在我想来，他一向都是个孤僻的孩子。我感觉很糟。

是与漆黑又寒冷的夜晚相关的某物，使你感到与同眠着的某人如此接近。当你与他交谈时，就好像你们是这小镇中唯一醒着的人一样。

“你是个很棒的孩子，‘吸管’。”我说。

突然之间，在我看来，就好像我喜欢他，胜过我所知道的其他任何人一样了——超过其他随便哪个男孩，超过我的妹妹们，从某种角度来讲，甚至超过梅布尔。我感觉浑身舒畅，就好像是，他们在电影里奏起了悲伤的曲子一样。我想向“吸管”展示，我是有多么地在乎他，并且，还要为我一直以来对待他的方式，作出补偿。那晚我们聊了好久。他的语速很快，就像是积攒了很长一段时间的事儿，要一次性地讲给我听一样。他提到，自己想要试着去造一条独木舟，还提到街尾的孩子们——他们不让他加入他们的足球队，这些，我完全不知道。我也说了一些事儿，一想到他会把我所说的所有事情全都十分认真地记住，那感觉是非常的好。我甚至还提了提梅布尔，不过，我讲得好像是她在这段时间里都在跟着我打转似的。他询问了关于高中的事情，以及其他种种。他的语调激动，并且一直都讲得很快，仿佛他总是不能够及时地将词儿给说出来似的。当我睡着的时候，他仍旧在讲个不停，我的肩膀，还是可以感觉到他温热的呼吸：暖暖的，近在身旁。

在接下来的几周里，我常常见到梅布尔。她表现得就像是她确实多在意了我那么一点点。半数时间里，我都感觉飘飘然，几乎不知道该拿自己怎么办才好。

但我并没有忘记“吸管”。我的写字桌抽屉里存着很多旧东西——拳击手套、汤姆·斯威夫特[①]系列的小说、劣质渔具。我把这些都给了他。我们又一起聊了好几次——那就真像是我第一次试着去了解他似的。当有条长长的割口挂在他脸上时，我知道，他是有样学样地偷用了我那套崭新的、人生中第一次得到的剃须套装了，不过，我什么都没说。他的脸现在看起来不一样了。他曾经是看上去显得羞涩又规矩的，或者说，他像是担心被人在脑袋上重重敲那么一下似的——那种印象远去了。他的脸，配着那双大睁着的眼睛、竖起来的耳朵，以及从来不会完全闭上的嘴巴，看上去仿佛是一个吃了一惊、正期盼着某些棒呆了的事儿的家伙。

---

① 汤姆·斯威夫特：美国作家爱德华·史崔特梅尔笔下儿童科幻冒险系列小说中的主角。自1910年以来，该系列小说创作出版达百余册（很多并非爱德华·史崔特梅尔所作，而是出自不同的影子写手，共用相同笔名维克托·阿普尔顿和维克托·阿普尔顿 II），被译为多种语言，全球累计销售两千万册。

有一次，我开始跟梅布尔说起他来，告诉她，他是我的弟弟。那是在一个下午，电影里正放着谋杀案。我给老爸干活，挣了一美元，交给“吸管”二十五美分，让他去买些糖果什么的。剩下的钱，够我在看电影时带上梅布尔。我们坐得靠近最后一排，我看见“吸管”走了进来。自他从打票人身旁走过的那分钟起，便开始死盯着大银幕，沿着走廊踌躇下行，完全没注意到他正要去往哪里。我开始不耐烦，对梅布尔推推搡搡的，但还不能够完全下定决心去帮他。“吸管”看起来有点傻呆呆的——像个喝醉了酒的人那样走着，眼睛仿佛是被粘在了片子上。他用衬衣下摆擦着眼镜，短裤垮了下来。他一直走到了最前面几排，才停了下来——孩子们一般都是坐在那儿的。我从未对梅布尔如此粗暴过。不过，我又开始觉得这是件好事：让他们两个能用我挣的钱看同一场电影。

我猜，事儿就像这个样子，持续了大约一个月，或者六周吧。我感觉好极了，不能够静下心来学习，或者将我的注意力放在其他任何事情上。我想要对每一个人友好。有几次，当我需要和某人交谈时——通常而言，这个人就是“吸管”。他和我感觉一样良好。有次他说：“皮特，我很高兴，因为你比世界上其他任何东西都更像是我的哥哥。”

然后，我和梅布尔之间发生了一些事情。我从未弄清楚过，那具体究竟是些什么。她那样的女孩子，是很难于理解的。她对我，开始表现得有些不一样了。起初，我还不愿意让自己去相信这一点，试着去认为，这些都只不过是我的想象而已。她不再表现得乐于见到我。她常常跟足球队那个有辆黄色跑车的家伙一块儿出去兜风。那车子，是她头发的颜色，放学后，她就跟他一道，笑着，看着他的脸，绝尘而去。我对此全无办法，她却始终萦绕在我的脑海之中，整日整夜。当我终于得到一个能够和她一起出去的机会时，她却态度傲慢，看起来一点都不在意我。如此种种，使我感觉事儿有点严重了——我会担心我的鞋子在地板上踩得太响，或者我裤子的门襟，或者我下巴上的肿包……有时，当梅布尔在近旁时，一头恶魔会潜进我的身体里，我会板起脸来，对大人们直呼其姓，不带“先生”，以及讲些粗鲁的事儿。在晚上，我就会纳闷，想着，究竟是什么，驱使我去做所有这些事儿，直至想得太累而无法入眠。

起初，我是太过担心了，完完全全就忘掉了“吸管”。后来，他开始惹我心烦。在我从学校放课回来之前，他就一直徘徊等待着，总是表现出好像是有什么要跟我说，或者期待我去告诉他些什么的样子。在手工课上时，他给我做了个杂志架，省下了一周的午餐费，为我买了三包香烟。他看来完全不像是能够看出来我心中有事，其实压根儿就不愿意陪着他一起傻乐。每天下午都是一样——他在我的房间里，脸上带着期待的神情。然后，我什么也不想说，或者像个暴徒似地回答了他，他最终会从房间里出去。

我不能分割那段时光，去说“这件事发生在这一天”、“那件事发生在后一天”。一方面讲，几周的时间冲撞纠缠在一起，我整个人就被弄得混淆不清，仿若身处地狱，却又毫不在乎。没什么确定事儿被言明或者被完成。梅布尔仍旧跟那个家伙一起、坐着他那辆黄色跑车招摇过市，有时她对我微笑，有时没有。每天下午，我从某一个我认为她会在的地方，去到另一个我认为她会在的地方。或者有时，她会表现得多少好一点儿，我便开始想着：事情最后是会怎样变得明朗起来，而她，也还是会关心我的；又或者，她就那么个样儿了——那么，如果她不是个女孩的话，我真恨不得去捏住她那又细又白的脖子，将她给活活掐死。我越为我自己受了愚弄而感到羞辱，就越想要去紧紧跟着她。

“吸管”则是越来越惹我心烦。他看着我时的神情，仿佛是他因为某事而对我有几分责备似的，不过，与此同时，我也知道，这不会持续很长时间。他长得很快，由于某种原因，在讲话时开始变得口吃起来。有时，他会做噩梦，或者吐掉他的早餐。妈妈给了他一瓶鱼肝油。

然后便迎来了我与梅布尔之间的结局：在她去药店的时候，我碰到了她，并且请求她跟我约会。当她拒绝时，我留意到了一些很讽刺的事儿。她告诉我说，她病了，我在身边让她感觉疲惫，她对我根本没有一点点兴趣。她讲了这所有一切。我只是站在那儿，什么也没回答。我走回了家，走得很慢。

有好几个下午，我自顾自地待在我的房间里。不想去任何地方，也不想跟任何人交谈。当“吸管”走进来，有几分滑稽地看着我时，我就冲着他吼叫，轰他出去。我不愿意去想梅布尔，我坐在我的书桌前，读《大众机械师》[①]杂志，或者削着我正在做着的一个牙刷架。看起来，我正非常成功地在将那个女孩赶出我的脑海。

可你却对晚上发生在你身上的事情无可奈何。也就是那些，把情

---

①《大众机械师》(*Popular Mechanics*)，为美国赫斯特集团旗下著名科普杂志，创刊于一九〇二年。

况变成了现在这个样子。

你看看，就在梅布尔对我说那些话的后几晚，我又梦到了她。就好像是第一次一样。然后，我使劲捏住“吸管”的胳膊，弄醒了他。他抓住了我的手。

“皮特，你怎么了?”

我突然感到狂怒，我的喉咙哽咽——于我自己，于我的梦，于梅布尔，于“吸管”，于每一个我所认识的人。我总是记得梅布尔给我的羞辱，以及所有发生过的糟糕事儿。在那么一秒钟的时间里，对我而言，就好像是除了“吸管”这个废物之外，就再没有人喜欢过我了。

“为什么我们不能再像原来那样是好兄弟了?为什么——?”

“闭上你那张该死的嘴!”我扔开被子，起来，打开了灯。他坐在床中央，眼神闪烁又害怕。

有什么东西在我的体内，我无法控制住自己。我不认为有任何人曾经这样疯狂过。蹦出来的词句，我根本不知道是些什么。只在事后，我才能记起每一件我说过的事情，并且清楚地看透一切。

“为什么我们不是好兄弟了?因为你是我所见过最蠢的废物!根本就没人关心你的任何事情!不过是因为我有时对你感到抱歉，试着表现得好点罢了。别以为我会去在乎像你这么个傻瓜蛋!”

如果我是大声说了，或者打了他，事情还不至于如此糟糕。不过我的声音却是缓慢的，好像我很冷静一样。“吸管”的嘴巴保持半张着，看起来好像是被人打中了麻筋似的。他的脸色惨白，汗水从他的额头上渗出来。他用手背擦掉汗，有那么一分钟的时间吧，他的手就那么举着，好像是握着什么从他身体里逃出来的东西似的。

“你难道什么都不懂么？你真的有搞清楚状况么？你怎么不去找个女朋友来代替我呢？你长大以后到底是想要变成一个怎么样的娘娘腔呐？”

我不知道接下来说的是些什么了。我完全不能控制住自己，或者动脑子思考。

“吸管”没有动弹。他穿着我的一件睡衣，脖子露出瘦小的一段来，头发湿湿地搭在额头上。

“你干吗老缠着我啊？当你不被需要时，你难道就不知道么？”

我后来能够忆起“吸管”脸上的变化。的的确确，他不再面无表情，而是闭上了嘴，眼睛微睁、拳头紧握。之前从未在他身上看到过这样的表情，就好像每一秒钟他都在变老。他的眼神里藏着你在孩子们眼中通常不会看见的那种沉重。一滴汗水从他的下巴上滚落，而他并没有留意到。他就只是坐在那儿，眼睛盯着我，一言不发，脸色凝重，一动未动。

“不，当你不被需要时，你根本就不知道。你太蠢了。就跟你的名字一样——好一根蠢吸管！”

就好像身体里有什么东西碎裂了一样。我关了灯，在窗边的椅子里坐下。我的双腿颤抖，感到很累，我应该是大叫过。房间既冷且暗。我在那儿坐了很久，吸了一支我存着的、皱皱巴巴的香烟。院子外面又黑又静。过了一会儿，我听到“吸管”躺下了。

我没有再生气了，只是感到疲累而已。对一个只有十二岁的孩子那样说话，我简直就是糟糕透顶。我接受不了这一切。我对自己说，我要改变对他的态度，试着去弥补。但我就只是坐在那儿，在寒冷中，直到时间过去好久。我盘算着，应该如何在早上纠正这一切。然后，尽量小心翼翼地回了床。

第二天我醒来时，“吸管”已经走了。再后来，当我打算按照计划来道歉时，他就用那种崭新的、沉重的样子看着我，使我说不出话来。

所有这一切，也就只是两三个月前的事情而已。自那以后，“吸管”开始疯长，比我见过的任何男孩子都快。他几乎跟我一般高了，他的骨头也变重、变大。他不再愿意穿我的任何旧衣服，并且买了他的第一条长裤——由一些皮制的吊带来撑住。那些不过是容易看见的和容易用语言来描述的变化而已。

我们的房间也不再是我的了。他搞定了那帮孩子，弄了个俱乐部。当他们没在空地上挖战壕，或者打架的时候，就总在我的房间里待着。房门上用红药水写了些傻气的话：“进来的家伙，哀愁留外面”，并且签上骨头十字架，还有他们的秘密字母。他们整了台收音机，这玩意儿每天下午都在高声放出音乐。

有次，我进屋时，听到一个男孩在低声讲着，他在他哥哥的车后座上发现了什么。我能够猜出我没有听到的内容。“那就是她和我哥哥做过的事儿。千真万确——在停着的车子里面。”有那么一分钟，“吸管”看起来很吃惊，他的脸几乎就像是以前那样了。然后他就又变得冷梆梆的。“显然的，呆瓜。我们全知道。”他们并没有留意到我。“吸管”则开始告诉他们，在整整两年的时间里，他是怎样计划着成为一个在阿拉斯加设置陷阱的捕兽人的。

不过，大部分时间“吸管”是独处着的。当只有我们俩在房间里时，就更糟糕些。他穿着带吊带的长灯芯绒裤子，横卧在床上，用他那冷冷的、冷而嘲弄的表情死盯着我。我待在书桌旁空耗时间，做不到平心静气，就因为他的那双眼睛。事实是，我不得不学习了，这学期我已经亮了三门红灯。如果我再挂掉英语，明年我就不能够毕业了。我不想去当个乞丐，我必须得把自己的注意力给集中起来。我再也不去在意梅布尔，或者随便哪个特定的女孩了，现在只有我和“吸管”之间的这件事是个麻烦。我们从来不说话，除了在家人面前不得不说以外。我甚至都不愿意再叫他“吸管”了，除非我忘记，我都叫他的真名，理查德。晚上他在房间里时，我不能够学习。我不得不在药店附近晃悠，抽烟，无所事事，和在那块儿游手好闲的家伙们混在一起。

在我心中，想要回归简单的愿望，胜过一切。我怀念了好一阵子“吸管”和我之前的状态，以一种滑稽又带感伤的方式，因为，在这之前，我根本就不可能相信事儿会变成现在这样。可惜一切都已是如此不同，看起来，我似乎已经是回天乏力了。有时，我想，或许我们可以好好地打上一架，分个胜负，那样或许会有帮助。不过，我不能够跟他打架，因为他比我小四岁。还有一点——有时，他眼睛里透露出来的神情，几乎要使我相信，如果“吸管”能够有机会的话，他将会杀了我的。

西八十街区廊道

直到春天我才开始留意住在正对面房间里的那个男人。在冬月里，我们之间的庭廊很阴暗，并且各自待在小小的房间里，面对着四面墙壁，总有种私密的感觉。各种声音都显得压抑而又辽远——当天气寒冷、窗户紧闭时，本来就总是这样子的。天常常会下雪，往外看，只能看见安静洁白的雪花向着灰色的墙壁飘落，被雪蒙住了边缘的牛奶瓶和覆盖着雪的食品罐放在外面的窗台上，微暗之中，间或从对面窗帘的狭缝里会透射出一缕光线。在所有这些时间里，关于住我对面的这个男人，我能记得的，仅仅是不完整的一两瞥——透过冻着的玻璃窗看到的红色头发，探出窗台取食品的手，张望庭廊时闪现的平静而疲倦的面容。比起那栋楼里的其他十几个人，我没有对他更在意。他也没显出什么反常的地方，因此我也不知道为什么自己会这么想着他。

去年冬天有大把的事儿够我去忙，根本无暇去留意那些窗外事。那是我在大学的第一年，也是我第一次来纽约，而且，我必须找到并保住一份早间兼职。我总是在想，如果我这个十八岁的女孩不能装得比实际年龄大，就会比其他人更难找到工作。不过，如果我是四十岁的话，可能也会说同样的话。总之，那几个月对现在的我而言，是迄今为止最艰难的时光了。早上需要工作（或者找工作），整个下午在学校，晚上读书学习。除了来到此地后的新鲜感及陌生感之外，我还感到一种无法摆脱的古怪的饥渴——是对食物，也是对其他事物。我实在太忙了，没空在学校里交任何朋友，我从未感到如此孤单过。

深夜，我会坐在窗前读书。有时，一个家乡的朋友会给我邮三到四美元，让我在旧书店给他买图书馆里借不到的书。他会给我各种各样的书名——比如《纯粹理性批判》或者《第三工具》①，以及像是马克思、斯特雷奇②或者乔治·桑③的作品。现在，他必须待在故乡帮衬家里，因为他的爸爸失业了。他本来能弄到办公室文员之类的工作，但却到汽车修理厂去当了修理工，因为修理工的工资更高，而且，躺在汽车下面，脊背触地，他就有机会深刻思考、拟定自己的计划。在给他寄书之前，我会自己先把那些书研习一番。尽管我们简要讨论过其中的许多内容，但有时仍会有一两处地方引出一大堆我百思

① 《第三工具》（*Tertium Organum*）：俄国著名的哲学家彼得·邬斯宾斯基（P.D.OusDensky）的名作。1922 年本书出版之后，奠立了他在“抽象数理”领域的地位，成为这方面最重要的作家之一，更在美国掀起一阵狂潮。

② 斯特雷奇（Strachey，1880—1932）：与茨威格、莫洛亚齐名的英国传记作家。他的作品一问世就引起了人们的注意，因为他向英国“标准传记作品”的传统形式和风格提出了挑战。

③ 乔治·桑（George Sand，1804—1876）：法国浪漫派女小说家。她的小说以发人深省的内容和细腻温婉、亲切流畅的笔触而独树一帜，在世界文坛享有较高的声誉。

不得其解的疑问来。

那样的一些句子，时常使我感到焦虑，于是，我会凝望窗外很久。现在想来好像是有些奇怪：我独自站在那里，而那个男人则在另一边的屋子里沉睡，我不知道也不关心他的任何事。夜里的庭廊很黑，望着它和下面一楼屋顶上的积雪，就像是望着一个永不会醒来的无声深渊。

而后春天便渐渐来临了。我无法理解，为什么我对事物开始转变的方式会这么后知后觉，春风和煦，日光渐强，点亮了这庭廊以及周围所有的房间。薄薄的、煤灰色的残雪渐渐消融，午时的天空蔚蓝明亮，我注意到自己可以穿线衫来代替外套了。每天早晨，对面建筑物的外墙上阳光明媚，屋外的声音开始变得清朗，那些声音干扰了正在阅读的我。不过，我正忙于手头的工作以及上课，闲暇时读的那些书也使我整天苦思冥想，无暇他顾。直到一天早晨，我发现大楼的暖气停了，便站起身来，从开着的窗户向外望去，才觉察到世界已经发生了的巨大的改变。说来奇怪，也就是在那个时候，我第一次看清楚了那个红头发的男人。

他就跟我一样站着，双手放在窗台上看着窗外。朝阳照耀在他的脸上，我对他的这般接近，以及我能看他看得这么清楚感到吃惊。他的头发又红又粗，从前额那里突出来，在阳光底下闪闪发亮。他的嘴巴没有棱角，蓝色睡衣下的双肩挺拔壮实。他的眼袋稍微下垂，不知何故，这倒显出一种智慧和沉思。当我看着他的时候，他进去了那么一小会儿，然后带了一对盆栽植物回来，把它们安置在照着阳光的窗台上。我们之间的距离是那么近，以至于当他小心整理植物的根茎与土壤时，我能够看清他整洁粗短的双手，在小心地触碰着根茎与土壤。他一遍遍地哼着三个音符——这一小段旋律显然比整首曲子更能表达他的好心情。他的这些举动使我觉得愿意整个早晨都站在那儿看他。过了一会儿，他再次抬头看了看天，深吸一口气，然后又走了进去。

天气愈暖，变化愈多。我们这庭廊一圈的所有人，都开始拉开窗帘，好让空气进到狭小的屋子里，并且还把床移到靠近窗户的位置。当你能看到人们睡觉、穿衣和吃饭的时候，即使你不知道他们的名字，也会以为自己了解他们了。除了那红头发男人，我又开始偶尔关注其他的人。

有个大提琴手，她的房间在我右斜对面，一对年轻夫妇住在她楼上。因为我在窗边的时候很多，便不由自主地关注了他们身上发生的差不多所有事情。我知道，那对年轻夫妇很快就会有小宝宝了，虽然那妻子看起来并不怎么健康，但他们还是十分高兴。我也知道大提琴手生活的起起落落。

晚上不读书时，我会给家乡的朋友写信，或者记录下偶然钻进我脑袋里的各种想法——打字机是在我离开家乡去纽约的时候他给我的（他知道我在学校里得敲打出作业来）。我记录的想法一点也不重要——仅仅是觉得还是把这些东西从脑袋里面赶出来比较好。纸上会有很多的 X 标记，大约还会有少许这样的句子：“法西斯主义和战争不可能长存，因为它们制造死亡，而制造死亡是世上唯一的罪孽”；或者，“这不对啊，坐我旁边的那个经济学系的男生，在这整个冬天里，肯定是在他的线衣下面加报纸了吧，因为他根本就没有外套”；

又或者，“我所知而又能一贯坚信的事情是什么？”当我像这样坐着写东西的时候，就常常能看到住在我对面的那个男人，然后，也不知怎么搞的，他就跳进了我的想象之中——就好像他知道我那些头疼事儿的答案似的。他看上去是那么冷静和自信，当庭廊里渐次出现找我们麻烦的事时，我不禁会觉得，他就是那个有能力解决麻烦的人。

大提琴手的练习惹恼了每一个人，尤其是那个刚好住在她楼上的年轻孕妇。那孕妇非常紧张，看起来好像特别难受。她身体臃肿，面容瘦削，娇小的双手纤细得好像麻雀的爪子。她那马尾巴的发型使她看上去好像是个孩子。当琴声特别大时，她会向大提琴手的房间探下身去，带着恼怒的表情，好像会大声叫嚷，让大提琴手能够停下来一会儿似的。她的丈夫看起来就跟她一样年轻——你可以说他们很幸福。他们的床离窗子很近，夫妇俩常常盘腿坐[①]在床上，面对着面说说笑笑。有次他们那样坐着吃橘子，橘皮就甩到窗户外面。风把一点点橘子皮刮进大提琴手的房间，她冲他们尖叫，以警告其他每一个人不要随便乱扔垃圾。楼上的年轻男人笑了，声音很大，故意让那个大提琴手能够听到他的笑声；他妻子则放下吃了一半的橘子，不再吃了。

在这事发生的晚上，红头发的男人正在家里。他听到大提琴手的吵闹，看着她以及那对年轻夫妇看了很长时间。他穿着睡衣，和往常一样悠闲地坐在临窗的椅子上，什么也不做（他下班回家之后就鲜有再出门的时候了）。他的脸上带着安详而和善的表情，在我看来，他

---

① 原文为“土耳其式坐姿”(Turkish fashion)，即盘腿坐姿。

是打算去终止房间之间的紧张气氛的——虽然他只是看着，甚至都没从他的椅子上起来。这便使得我一刻不停地去听那你来我往的尖叫声，于是，那天晚上我感觉很累，无来由地有些神经过敏。我把正在读的马克思的书放到桌上，只顾看着这个男人，想象关于他的事情。

我估计大提琴手大概是五月一号搬进来的，因为整个冬天我都不记得听到过她在练习。近黄昏时，阳光泻进她的屋子里，将她的收藏映射在墙壁上，看上去仿佛照片一般。她常常出门，有时会有一个固定的男人来看她。在一天稍晚些的时候，她会面朝庭廊坐着，跟她的大提琴一道。她的膝盖分得很开，以便夹住乐器；她的裙子拉至大腿，以免扯住裙摆的接缝。她的音乐质朴无华，奏得慵懒。演奏时，她的脸上流露出腼腆害羞的神情，好像陷入了某种昏迷。她几乎总是在窗口上晾着长袜（我看那些袜子看得太清楚了，有时想要去提醒她，只洗长袜上脚的部分，可以省衣又省力），有些早晨，窗帘吊绳处会系上一个小小的装饰物。

我认为，住我对面的男人能够理解大提琴手，其他每一位庭廊住户也肯定一样。我有种感觉，没什么能令他感到吃惊的，他了解的比大多数人都要多些。或许就是因为这样，才有他眼袋神秘的下垂。我不清楚他怎么会了解得那么多，我只知道，看着他想着他很好。晚上，他会带着一只纸袋进来，小心地将他的食物拿出来，然后吃掉。再晚点的时候，他会穿上他的睡衣，然后在房间里做些运动，在那之后，他就只是坐着，什么也不做，直到将近午夜时分。他是一个做事细致的管家，他的窗台从不凌乱。他每天早晨照料他的植物，阳光照在他那苍白得很健康的脸上。他经常用一只看上去像是个吹耳球的橡皮水袋小心地给植物浇水。我完全猜不透，他白天的工作究竟会是什么。

大约五月底时，庭廊中又有了另一个变化。那个妻子怀孕的年轻男人，开始不去照常上班了。可以从他们脸上看出来，他是丢掉了工作。早上，他会在家里待得比平时晚，从他们仍放在窗台上的夸脱瓶里倒出她的牛奶来，在牛奶有机会变酸之前，看着她全部喝完。有时在晚上，当其他人都睡着时，你可以听见他低声嘟囔着说话。在深夜的寂静当中，他会说“给我听着”，声音大得足以吵醒我们所有的人，而后他的声调便会降低，开始对他的妻子滔滔不绝地急促说话。妻子几乎是一言不发，她的脸看上去变得更小了，有时，她会几个小时地坐在床上，小嘴半开半闭，像个正在做梦的孩子。

学期结束了，但我仍待在这个城市里，因为我还干着这份每天五小时的兼职，并且打算去参加暑期班。不去上课，我看到的人甚至比原来还要少，与家也更显亲近。我有足够的时间来了解这些事的深意：那个年轻男人开始带着一品脱而非一夸脱的牛奶回家；最终有一天，他带回家的瓶子只有半个品脱[①]的容量了。

看别人挨饿时的感受很难讲得明白。要知道，他们的房间和我的不过相隔几码而已，我没办法不去想他们的事情。开始我不敢相信自己看到了什么。这里可不是东面很远地方的那栋廉租公寓——我会这样告诉自己。我们住的可是一处特别好的、特别正常的城区——位于西八十街区。没错，我们的庭廊是小，我们的房间只够放下一张床、

① 品脱：夸脱（Quart）和品脱（Pint）为英美计量单位。在美国，一夸脱等于两品脱，约为0.946升。

一个衣橱和一张桌子，并且，我们也确实和那里的租户们境遇相似。可是，从街面上看，我们这里的楼房还是不错的：两个入口处都有一个小门廊，地上铺着的东西像是大理石地板，一部电梯免却了我们攀爬六层、八层或者十层楼梯之苦。从街面上看去，这些楼房几乎可以彰显富裕了，里面又怎么可能会有人忍饥挨饿呢？尽管他们的奶品量削减到了过去的四分之一，而且我没看过他吃东西（每晚用餐时间，他都将外出弄来的三明治给她），但这些都并不是他们确乎处于饥荒当中的标志嘛！尽管她就只是那样成天坐着，除了我们这些邻居中有人存放了水果的窗台之外，她对任何东西都提不起任何兴趣，但我想那是她很快就要生宝宝了，才会有那么一点点的不自然。尽管他在屋子里踱来踱去，时不时地冲着她吼叫，听起来喉咙像是被堵住了一样，但那正是他内在丑恶的表现嘛。

如此这般自我推证一番之后，我总是要去看看对面那个红头发的男人。解释我对他的信任不太容易。我不知道我究竟期待他去做些什么，但那感觉，就是一直如此。回家我不读书了，常常就坐在那儿看他看好几个钟头。我们的目光交汇，然后有一人会移开视线。要知道，除了我们在外工作的几小时之外，庭廊一圈的所有人，都看着彼此睡觉、穿衣、生活，但我们却从不交谈。我们之间的距离，近到足以将食物抛进其他人的窗子，近到区区一柄机关枪就可以在转瞬之间将我们统统杀光。即便如此，我们仍表现得像陌生人一样。

过了一段时间，那对年轻夫妇的窗台上不再放任何牛奶瓶了。男人于是整天在家，他的眼睛外面有了褐色的眼圈，嘴抿成了一条笔直的线。每晚都可以听到他在床上说话——以他大声的“给我听着”开始。在整个庭廊里，大提琴手是唯一没有表现出感受到哪怕一点点压力的人。

她的房间就在他们的底下，因此，她大概从未见过他们的脸。她现在比平时练习得少些，出门比以前多了。我之前提到过的她的那个朋友几乎每晚都在她这儿。他像只小个子猫一样精干——短小的身材、油腻的圆脸，还有杏仁形状的大眼睛。有时，整条庭廊都能听见他们的争吵，而过一会儿，他通常会出去。有天晚上，她带回家一只气球人，沿着百老汇大街扎堆卖的那种——一根长长的气球作为身体，一个又圆又小的气球作为脑袋，画着咧开嘴笑的表情。整个是亮绿色的，绉纸做的双腿是粉色的，大的纸板脚则是黑色的。她把这玩意儿固定在窗帘的吊绳上，挂在那儿摇晃、缓慢地旋转。每每有微风吹过，它的纸腿便在风中蹒跚漫步。

六月末时，我感觉我不能再在庭廊待下去久了。如果不是为了那个红头发男人的话，我早就会搬走，在那个夜晚之前，在所有的事儿最终彻底爆发摊牌之前就搬走了。我已经无法学习，无法将注意力放在任何事情上面。

那是一个热夜，我记得很清楚。大提琴手和她的朋友开着灯，那对年轻夫妇也开着灯。住我对面的男人穿着睡衣，向外看着庭廊。他的椅子旁边放着一只瓶子，时不时地就拿起来凑到嘴边上。他的脚撑在窗台上，我可以看见他裸露在外的蜷曲的脚趾头。当他喝掉不少时，他开始自言自语。我听不见说的是什么，那些单词聚集堆积成一种低而起伏的声音。尽管听不见，但我觉得他大约是在说庭廊里的人们，因为他在不言语时会默默巡视所有的窗子。我有种古怪的感觉——好像他所说的内容将会解决我们所有人的问题，如果我们能听得懂他说了些什么的话。不过，无论我怎样努力去聆听，也根本就听不明白。我只是看着他粗壮的喉管和冷静的面容，即使他很紧张，他的脸也并没有失掉隐隐带着智慧的神情。那晚上什么也没发生，我从不知道他正说些什么，只是感觉如果他的说话声再稍高那么一点点，我就能领悟到更多的东西了。

一周以后，当这件事儿发生时，便给所有的一切都带来了一个终结。肯定是在那天大约凌晨两点的时候，我被一种奇怪的声音吵醒了。很暗，所有的灯都熄灭了。声音听起来好像来自庭廊，当我听的时候，几乎无法阻止自己颤抖。声音不大（我的睡眠不深，否则这也就不会吵醒我了），但却像是某种动物发出来的——高且急促，介于呻吟与惊叹之间。我突然想到，我曾经在以前的生活中听到过这种声音，但是已经过去太久，我记不得具体了。

我走到窗边，从那里听来，声音好像是来自大提琴手的房间。所有的灯光都熄灭了，庭廊温暖、黑暗，没有月光。当喊叫声从那对年轻夫妇的公寓里响起时，我正站在那儿，向外看着，试图去想象到底出了什么问题——这事儿我到死也不会忘记。我听到那个年轻男人哽咽着说道：

“闭嘴！你这条母狗，闭嘴吧！我忍受不——”

显然，我当时就知道那是什么声音了。他话说到一半便突然停下，庭廊犹如死亡般寂静，没有夹杂这里晚间通常会有的“嗞嗞”噪声。有几家的灯打开了，但也就仅此而已。我站在窗边，觉得想吐，并且无法停止颤抖。我看向对面那红头发男人的房间，有那么几分钟，他打开了灯，睡眼惺忪地巡视了一遍庭廊。“想想办法啊，想想办法啊。”——我想要呼唤他。过了一会儿，他拿着烟斗在窗边椅子上坐下，关了灯。即使在其他人似乎都已经又去睡了的时候，既热且暗的空气中仍旧弥漫着他的烟草味道。

那晚之后，事情就开始变得跟现在相似了。年轻夫妇搬走了，他们的屋子一直空着。那个红头发男人和我，都不再像原来那样在房间里待很长时间。我再也没看见过大提琴手那个衣冠楚楚的朋友了，她则狂热地练习，琴弓在弦上锯来锯去。早上，当她去取挂在外面晾干的胸罩和丝袜的时候，是直接抓扯进去的，然后就背对着窗户了。亮绿色的气球人还是挂在她的吊绳上，咧着嘴在微风中缓慢旋转着。

而现在，就在昨天，那个红头发的男人也搬走了。这是晚夏时节，是人们通常会搬家的时候。我看着他收拾所有的东西，并且试着不去想“再也不会见到他了”。想到学校马上就要开学了，我得列一张要读的书籍清单出来。我看着他，就像是看着一个完完全全的陌生人一样。他看上去比他长久以来表现出来的还要幸福些，收拾东西的时候哼着小调，还抚摸了好一会儿他的植物——然后把它们从窗台上拿进去。最后临去之际，他伫立窗口，看了庭廊最后一眼。他平静的脸庞在强光之下并没有回避、倾斜，不过，他的眼睑却在下移，直到几乎紧闭为止。太阳在他明亮的头发周围营造出了一圈光雾，简直就像是某种神迹般的光环。

今晚，我想了这男人很长一段时间。我曾一度开始要给我在家乡的那个做机械师工作的朋友写写关于他的事儿，不过我改变了主意。事情是这样的——对其他人，甚至对这个朋友解释这到底是怎么一回事，都实在是太过困难了。你知道，现在要直面这件事时，有太多关于他的事情我并不知道——他的名字，他的工作，甚至他是哪国人。他从来没有做过任何事，我也不知道我究竟是在期盼他去具体做些什么。关于那对年轻夫妇，我不认为他会比我知道得更多。当我细数每一次我看着他的情况时，却想不起他曾经做过哪怕一件不寻常的事儿。若要描述他，则是除却他的头发之外，就什么也没有了。总之，他看起来不过就像千百万其他男人一样。然而，无论听起来是怎样的古怪，我仍然有这种感觉：在他的身上有着某样东西，可以解决困境，将情况整个改变。并且，在关于他的这件事上还有一点，那就是——只要我这样去觉得，从某种意义上而言，它就是真的。

波尔蒂

当汉斯离旅馆仅隔一个街区时，冷冷的雨开始落下，百老汇沿街刚刚点亮的路灯，被滴答的雨水罩上一层朦胧。他苍白的双眼固定在旅馆的招牌上——“科尔顿·阿姆斯”——然后赶紧将一份乐谱卷起来，塞进外套里，快步上前。当他步入旅馆那昏暗肮脏的大理石装饰的大堂时，已是气喘吁吁，乐谱也皱了。

他对着面前的一张脸暧昧一笑。“这次……三楼。”

你当然知道电梯侍者对旅馆熟客的感觉如何：当那些他最尊敬的客人走出要去的楼层时，他总会讨好地让电梯门额外多开那么一会儿；至于汉斯，则不得不暗中一跃，以免被电梯的滑门夹断他的脚后跟。

“波尔蒂——”

他犹豫不决地站在昏暗的走廊里。走廊尽头传来大提琴的声音——正演奏着一组急速下行的音阶，就好像一把大理石石子掉落楼梯一样。他一步步走到传出乐声的那个房间，在门外面站了一会儿。一张摇摇欲坠的便条纸，用一只图钉摁在那儿：

波尔蒂·克莱恩

练习中，请勿打扰

他回忆起第一次看到这个时，在“练习中（practicing）”的“ing”前面还有个字母“e”呢。①

看来暖气开得很弱，他外套皱起的地方闻起来湿漉漉的，多少散发出些寒意。蜷缩在廊底窗边温吞的暖气片旁，并不能让他感到好过点儿。

波尔蒂——我等好久了呢。好多次，在你练完之前，我都走到外面，想着那些我想要对你说的话。上帝啊！你多漂亮啊——好像一首诗，又像是舒曼作的一首小曲儿。开始是那样的。波尔蒂——

他的手沿着生了锈的金属摩挲。她总是那么温暖，并且，如果他搂着她的话，那就像是——他宁愿把自己的舌头咬成两段似的。

“汉斯，你知道别人对我而言根本是无足轻重。”

约瑟夫、尼古拉、哈里……所有这些家伙我都认识，还有现在这个库尔特——上周我就提醒过她，她跟这个人只见过三次，不可能跟他好——噗！他们全都无足轻重。

他往下瞥了一眼那带着残酷颜色的乐谱封底——湿了，而且褪了色，对他而言，这好似在亲手摧毁音乐，不过里面的音符毫发未伤。

---

① 动词“练习”在英文中拼作“practice”，表示进行时则去掉“e”后加“ing”。

便宜货。噢，就这么个样儿——

他在大厅里徘徊往复，摸着自己长粉刺的额头。大提琴声在一段含混的琶音[1]中飕飕上旋。那场音乐会——卡斯泰尔诺沃-泰代斯科[2]的——她到底还要练习多久呢？他也曾停下步子，伸出手去，伸向门把手。不！那次他进去过了，她看着——她看着他并且跟他说——音乐在他的脑海中来回往复、四散蔓延。他的手指抽动着，仿佛试着要将交响乐谱改写成钢琴曲。她现在应该是身体前倾着，她的手正在大提琴的指板上滑移。

临窗的昏黄光线使走廊大半都保持昏暗。伴着一股突如其来的冲动，他跪下身去，目光聚焦在了锁孔上。

只看到墙和墙角，她肯定是在窗边。眼前只看得到墙上显眼的照片——卡萨尔斯[3]、皮亚蒂戈尔斯基[4]，还有她钟爱的那个故乡的家伙，海飞兹[5]——还有些情人节和圣诞节卡片凑在里面。近旁是一张名为《持玫瑰的赤脚女人的黎明》的画作，她去年元旦得到的，脏兮兮的粉红色聚会纸帽翘着，顶在画上面。

---

① 琶音（arpeggio）：琶音指一串和弦音从低到高或从高到低依次连续奏出，可视为分解和弦的一种。通常作为一种专门的技巧训练用于练习曲中，有时作为短小的连接句或经过句出现在乐曲旋律声部中。

② 卡斯泰尔诺沃-泰代斯科（Castelnuovo-Tedesco，1895—1968）：犹太血统的美籍意大利作曲家。最著名的作品是为塞戈维亚创作的《第一吉他协奏曲》。

③ 卡萨尔斯（Pablo Casals，1876—1973）：杰出的西班牙大提琴演奏家、作曲家、指挥家。他的演奏风格极其自然，线条纯净，乐句完美，音色情绪变化无穷，格调高雅，被公认为是“大提琴史上的帕格尼尼”。

④ 皮亚蒂戈尔斯基（Gregor Piatigorsky，1903—1976）：美籍俄罗斯大提琴家。他主张在感情、理智和技巧这三大演奏要素中，不应偏向于任何一个方面，而要力求完美、精确地反映作品的全部风貌和全部精神内涵。

⑤ 海飞兹（Jascha Heifetz，1901—1987）：俄裔美籍小提琴家。他被公认为世界上最伟大的小提琴家，成为后辈音乐家们努力的目标，但至今鲜有人能够超越他。

曲音渐强，以几声极快的拨弦收尾。啊哈！最后一下低了四分之一个音呢。波尔蒂——

他很快站起来，并且，在练习应该继续进行之前，敲响了房门。

“是谁？”

“我——汉——汉斯。”

“好吧。你可以进来了。”

她坐在廊窗渐暗的光线里，她的双腿分得很开，以便夹住她的大提琴。她满怀期待地扬起了眉毛，琴弓垂地。

他的双眼紧盯住窗玻璃上雨水的细流：“我——我只是进来给你看看我们今晚会演奏的新流行曲子，你建议的那首。”

她用力拉了拉已经滑到她长袜袜口上方的裙子，手的动作引得他目不转睛。她的小腿肚子凸凹有致，一只丝袜上有一处脱了线。他前额上粉刺的颜色加深了，他又偷偷去望雨。

“你在外面听我练习了吗？”

“听着，汉斯，声音听起来空灵吗——它曾歌唱、曾把你带到一个更高的层面上去吗？”

她的脸红了，有一滴汗水在消失于她连衣裙的上领口之前，从她浅浅的乳沟之间滑落。“是——是的。”

“我觉得也是。我相信，我的演奏在过去的一个月里进步了许多。”她很夸张地耸了耸肩，“生命就是这样待我——每当有像这样的东西到来之时便会发生。并不是说以前曾经像现在这样的——只有在你遭遇了你能够演奏的内容之后才行。”

“这正是它们所要求的。”

她凝视了他一会儿，仿佛是在寻求更强有力的认同，然后，她的嘴角率性地垂了下来。“狼音[①]，汉斯，狼音快要把我给逼疯了。你知道福雷[②]的那些玩意儿——在E弦[③]上——在那条弦上循环往复，几乎是要催我去买醉。我开始怕那条E弦了——它代表着某种可怕的东西。”

“你可以换根弦的吧。”

“好的——不过，接下来我大概就该在那个调上绷紧弦儿了。不，那根本就没什么好的啊。还有，这得有代价的，我得让他们占着我的大提琴好几天，那么我该用什么？你告诉我？”

如果他能赚到些钱的话，她就能够拿到——“我没怎么想到这点。”

“这简直就是个耻辱，我想。那些拉得跟地狱一样糟的人，可以有很好的大提琴，而我甚至连个合用的都没办法拥有。我没法那样去对付狼音，对我来说是不会的。这会摧毁我的演奏——任何人都是明白这一点的。我该怎样从这个奶酪盒上演奏出哪怕一点点像样的音色？”

一段他曾经研习过的奏鸣曲乐句，在他的脑海中穿梭来回。“波尔蒂——”现在是怎么了？我爱你，爱你。

“无论如何，我到底是在烦什么呢——我们这个差劲的工作吗？”她以一个戏剧化的姿势站起身来，将她的乐器放在房屋一角。当她打

---

① 指风琴等由不等分调律法产生的不谐和音，或指小提琴等由共鸣箱缺陷产生的粗粝音。

② 福雷（Gabriel Fauré，1845年5月12日—1924年11月4日），法国的作曲家、管风琴家、钢琴家以及音乐教育家。福雷的音乐作品以声乐与室内乐闻名，在和声与旋律的语法上也影响了他的后辈。

③ E弦是提琴上最细也是最敏感的一根弦，易断，也容易陷入琴码。此处约指福雷惯用的“小三度上行后加入三连音”的抒情手法，对提琴E弦的要求很高。

开灯的时候，明亮的光圈紧随她身体的曲线，投下了阴影。

“听着，汉斯，只有尖叫，才可以平息我的不安。”

雨水噼里啪啦地打在窗上。他摩挲着自己的额头，看着她在房间里走来走去。突然之间，她看到自己丝袜上脱线的地方了，带着令人不悦的咝咝声，她在自己的手指上吐了口唾沫，弯腰去将脱线开叉的底端给弄湿。

“根本没有大提琴手会在那样的时候穿丝袜的。还有，为了什么？就为了旅馆里的一个房间？还有每周每晚去拉三小时的垃圾乐曲，拿个五美元？一双丝袜——每个月我就得买两次。我就算晚上只是冲一下袜头，该脱线还是照样脱线。”

她扯下一双和胸罩并排晒在窗外的长袜，然后，在退下旧的一双之后，开始穿上晒好的那双。她的双腿雪白，略覆着些暗色腿毛。膝盖附近有蓝色的血管。“抱歉——你不在意的，不是吗？你对我而言，就像是家乡的小哥哥一样。如果我穿那样的东西去演奏的话，我们会被炒鱿鱼的。”

他站在窗边，看着雨水模糊了邻近建筑的外墙。正对着他的窗台上放着的，是一只奶瓶和一个装蛋黄酱的罐子。下面有人晾了些衣服忘记收进去了，它们正在风雨中凄惨飘摇。一个小哥哥——我的天！

“还有服装，”她不耐烦地继续说着，“因为不得不撑开膝盖，接缝的地方就总是会脱线开裂。不过，在那点上，现在总算是比以前要好些。你知道所有人都穿短裙的时候我怎么样吗？我要在演奏时表现得端庄，却仍旧穿成这个样子，你知道那个时候我的心情吗？”

“不知道，”汉斯答道，“两年前的服装就跟现在的差不多。”

“是的，就是！两年前我们初次相遇，不是吗？”

“你和哈里在一起，在听完那场演奏——”

“听着，汉斯。”她倾身向前，表情急切地看着他。她靠得那么近，她的香水味刺进了他的鼻孔里。“我这一整天都像发了疯似的。是关于他，你知道的。”

“是——是谁？”

“你清楚得很——他——库尔特！如何？汉斯，他爱我呢，你不这么认为吗？”

“好的——但是，波尔蒂——你又见过他几次呢？你们几乎都不认识彼此。”在听莱文[①]演奏会时，她正在称赞他的作品，他则对她转过脸去，还有——

“噢，就算我和他在一起只有三次吧，可这又有什么关系？我倒是应该担心他的眼神，还有他谈论我演奏的方式。他拥有那样的一个灵魂，这从他的演奏之中就能感觉出来。你听过能像他那晚奏得那么好的贝多芬葬礼进行曲吗？”

“他是演奏得不错……”

“他告诉莱文夫人，说我的演奏气质绝佳呢。”

他不能看她了。他灰色的双眼一直聚焦在雨上。

“多么和善的一个人呐。Ein Edel Mensch[②]！不过我能做什么呢？

---

① 莱文（Robert Levin，1912—1996）：挪威著名钢琴演奏家，作曲家。以杰出的钢琴独奏家和作曲家身份闻名于世，战后曾多次进行过全球巡演。此处应为借名的虚构人物。

② 德语，意为“一个高贵的人”。此处作者可能犯了一个错误，小说中“波尔蒂·克莱恩”是一个常见的德国名字，但却又在文中说“故乡的海飞兹”。实际海飞兹是立陶宛出生的犹太人，幼年于圣彼得堡跟随奥尔学琴，1912 年在柏林一举成名，1917 年即迁居美国。

哎，汉斯？”

“我不知道。”

“别看起来那么气鼓鼓的。你会怎么做？”

他试着微笑。“他——他联系过你了吗？他给你打过电话，或者写过信？”

“没——不过我很肯定，这恰恰是他的细心之处。他不想让我感到不快，或者拒绝他。”

“他不是已经订婚，明年春天就要跟莱文夫人的女儿结婚了吗？”

“是的。但这是个错误。他怎么可能跟像她那样的一头母牛结婚呢？”

“但是波尔蒂——”

她把双臂伸过头顶，整理、抚平脑后的秀发，显眼的胸脯随即挺立无疑，薄绸外衣底下，她上臂内侧的肌肉柔韧屈伸。“在他的音乐会上，你知道的，我觉得他就仅仅只是在对着我演奏。鞠躬谢礼的时候，每一次他都是直直地看着我，这就是他为什么没有给我回信的原因——他太担心会伤害到某个人了，然后，他总是能告诉我他在音乐里究竟意欲为何。”

汉斯的喉结，在他咽口水的时候，从他那细瘦的脖子上突出来，上上下下地滑动。“你给他写信了？”

“我不得不写。一个艺术家不能压制住向着她压来的顶重要的事儿。”

“你说了什么？”

“我告诉他我有多爱他——那是在十天以前——我在莱文那儿第

一次遇见他的一周之后。”

“去信石沉大海？”

“是的。但你难道看不出他的感觉吗？我知道会是那样发展，因此，前天我又给他写了另一张小纸条，告诉他别担心——我的心意，矢志不渝。”

汉斯用他那细长的手指暧昧地捻着自己的发际线。“但是波尔蒂——还有过很多其他人——自从我认识你之后。”他站起身来，将他的手指放在卡萨尔斯旁边的那张照片上。

照片上的那张脸正在对他微笑。嘴唇很厚，顶着一撇小胡子。脖子的地方有一块小圆斑。两年以前，她曾经给他讲过很多遍这个，告诉他，说他那小提琴残留下来的吻痕，之前一直都是鲜红色的；还有她怎样用她的手指一笔画完这道吻痕；她怎样管这吻痕叫做“小提琴手的吉凶未卜”①，以及怎样试着运用这些词与词之间的联系，来认真简化为他的“齐拉克”②。有那么几个时候，他注视着那个模糊的斑点，想弄清楚这究竟是照下来的，还是她多少次按压他这一处造成的污点而已。

那双眼睛凝视着他，凌厉而又深邃。汉斯的膝盖发软，他再次坐了下来。

“告诉我，汉斯，他爱的——你不这么认为吗？你认为他其实是真的爱我，不过只是在等，直到他觉得等到了回复的最好时机——你

---

① 原文为“Fiddler's Ill Luck”。

② 原文为“Zilluck”。此为根据“Fiddler's Ill Luck”后半部分的读音组合新造的词。这里是波尔蒂在玩文字游戏。

是这样想的吗？”

仿佛有一团薄霾笼罩了房间里的一切。“是的。”他慢慢说道。

她的表情变了。“汉斯！”

他的身体前倾，颤抖着。

“你——你看起来那么奇怪。你的鼻翼翕动，你的嘴唇发抖，就像你准备要哭了一样。你怎么——”

波尔蒂——

一声突如其来的笑，中断了她的问题。“你看起来就像是我爸爸曾经养过的一只小怪猫。”

他很快地走到窗边，这样他的脸就可以避开她了。雨水仍旧顺着玻璃滑落，银一般的、半透明的。邻近楼房的灯亮起了，它们柔和地照耀着，穿透灰暗的暮色。啊！汉斯咬到他自己的嘴唇了。在那楼房的一扇窗子里面，看起来就像——就像一个女人——波尔蒂，在一个黑头发大块头男人的臂弯里。在窗台上往里望着的——除了那只奶瓶，以及装蛋黄酱的罐子以外——是一只雨中的小黄猫。汉斯的手指骨缓慢地搓揉着他的眼皮。

就像那样

即使姐姐都十八了，足足比我大五岁，我们还是一直十分亲近，比大多数姐妹在一起时享有更多的乐趣。这点跟我们与兄弟丹在一起时是一样的。夏天，我们会一起去游泳；冬日的晚上，我们也许会围着火炉坐在起居室里，一起打三人桥牌①或密西根拉米②，输家每人给赢家五或者十美分。我们三个在一起，比所有我们知道的家庭都要快乐。在这件事之前，一直都是那样的。

也不是说姐姐勉强跟我一起玩。她极其聪明，比我所知道的任何人读书都多，甚至比学校里的老师还多。在高中里，她却从不喜欢涂脂抹粉，从不驱车跟女孩子们一起四处晃悠，或是载上男孩，在药店③门口停车……当她不读书时，她就只想要跟我和丹一起

---

① 三人桥牌（Three Handed Bridge）：最初是由三缺一牌手设计的。经过时日，演变成多种形式，如“卡脖子桥牌”或者“三角定约桥牌”等。

② 密西根拉米（Michigan Rummy）：一种纸牌游戏。

③ 药店（Drug Store）：在美国药店同时也是二十四小时便利店，兼卖日用品。下同。

玩耍。她并没有成长得多像大人，还会为冰箱里的一整板巧克力而尖叫，或者会在圣诞夜通宵不睡时兴奋得喋喋不休。在有些方面，好像是我比她大得多一样。甚至在去年夏天塔克开始常常过来的时候，我有时不得不告诉她不要穿齐踝的短袜，因为他们可能要到城里去一趟；或者提醒她应该像其他女孩那样，拔掉鼻子上方的眉毛。

再过一年，到明年六月，塔克就会从大学毕业了。他是个瘦瘦高高的男孩，脸上带着那种迫切渴望的神情。在大学里他特别聪明，拿到了全额奖学金。他从去年夏天开始来看姐姐，可以的时候就开着他家里的车，穿着套白色的亚麻料子西装。他去年来得很多，今年夏天就更加频繁了——在离开此地之前，他每晚都来看姐姐。塔克挺不错的。

不久之前，我和姐姐的关系开始有了变化。尽管当时我并没有注意，但在今夏的某天夜晚之后，我才意识到事情大概要走到尽头，就要变得像现在这样了。

那天夜里我醒来时已经很晚。我睁开眼睛，觉得当时肯定差不多快要天亮了。当发现姐姐不在床上的那一边时，我感到害怕。不过，其实只不过是窗外清朗的月光闪耀，映得前院里垂下的橡树叶子如沥青般黑，看上去界限分明罢了。那大约是在九月初，但我望着月亮时，却感觉寂寥。我把被子拉紧，让双眼在房间里家具的漆黑轮廓之间漫游。

在这个夏天的夜里我醒过来很多次。你们知道，姐姐和我一直共享这个房间，当她进屋开灯找她的睡袍或者其他什么的时候，就会把我弄醒。我喜欢这样。夏天学校放假时，我不用早起。我们有时会躺着，聊比较长的一段时间。我喜欢听她说塔克和她去过的地方，或者笑着谈论其他事情。那晚之前，她好几次私底下跟我聊着塔克，就好像我跟她同年似的。她问我在塔克打来电话时，她是否应该这样说或者那样说。之后，或许就再给我一个拥抱。姐姐真是为塔克着了魔。有次她跟我说："他太可爱了。我觉得在这世界上绝不可能再认识一个像他那样的人。"

我们也会谈谈我们的兄弟。丹十七岁，计划在今年秋天去上理工大的联合培养课。今年夏天丹长大了。有天晚上，他喝酒喝到四点钟才回来。爸爸在下星期绝对会让他好受，于是他就跟一些男孩去乡下野营，耗掉了几天时间。他曾经跟我和姐姐谈过柴油发动机，以及远行去南美之类的事儿，不过在今年夏天，他很安静，也不跟家里的任何人多说话。丹简直就像根杆子一样，既瘦且高。他的脸上现在是疙疙瘩瘩的，很笨，也不是很帅。我知道，他有时会在晚上独自出去游荡，可能是越过这座城市的界标，去了那片松木林吧。

我躺在床上想着那些事儿，想知道现在的时间，以及姐姐什么时候会进来。那天晚上，在姐姐和丹离开之后，我到街角那儿去，和邻居的几个小孩子一道对着街灯投石子，想砸死一只盘在那儿的蝙蝠。起初我感到不寒而栗，以为这种小蝙蝠或许跟吸血鬼德拉库拉[①]差不多。当我看到它只是像只蛾子而已时，便不在乎他们到底是不是要去杀死它了。在姐姐和塔克乘着他的车缓缓驶过时，我正巧坐在路边上，拿一根小棍在满是尘土的街道上画画儿。姐姐坐在塔克旁边，离

① 爱尔兰作家布拉姆·斯托卡（Bram Stoker）1897 年发表的小说《德拉库拉》中的主人公。

他很近。他们没有说话，也没有笑，只是看着前方，慢慢地沿街下行。车子从旁边经过，我看到了里面是谁，便冲着他们叫嚷。“嘿，姐姐！”我喊道。

车子只是慢慢地向前开着，他们俩谁也没有回应我。我傻里傻气地站在大街中央，其他孩子站在我四周。

这条街下一片地方来的那个讨厌的老巴伯走到我的身边。“那是你姐姐？”他问道。

我说，是的。

“她跟她男朋友坐得很近啊。”他说。

我像以前也犯过的那样彻底抓了狂，伸手将所有的石头向他投了过去。他比我小三岁，这样做可不太友善，但我无论如何不能容忍他这样，谁让他以为自己在说我姐姐这件事上脑子转得特别快。他开始捂着脖子在地上翻滚，而我却一言不发地走开了，离开他们回到家里，准备上床睡觉。

我醒来之后又开始想那件事了，当我听到一辆车开近的声音时，那个老巴伯还在我的脑海中盘旋。我们的房间正对着街，中间只隔一个很短的前院，听得见人行道和街上的一切。汽车缓缓驶过我们房间前的人行道，光线缓慢而明亮地沿着房间的墙壁移动，然后停在姐姐的写字桌上，把那儿的书和半包口香糖展示得一清二楚。之后房间就黯淡了，外面只有月光还在。

车门并没有打开，不过我可以听到他们说话——是塔克在说话。他的声音很低，我什么也听不清楚，但好像是他一遍又一遍地解释着什么。我没听见姐姐说一个字。

当听到车门打开的声音时，我仍然清醒。我听到她说："不要来了。"然后车门"砰"地关上，接下来是她的鞋跟"得得"地踏在人行道上的声音，急促又飘忽，好像她是在奔跑。

妈妈在我们房间外面的门厅里碰见了姐姐，她听到前门关上的声音了。当姐姐和丹还在外面的时候，她就总是去听外面的动静，绝不会睡着的。我有时会感到好奇，她究竟是怎么能在黑暗中好几个小时躺着一动不动而不会睡着的？

"一点半了，玛丽安，"她说，"你应该比现在更早些进来的。"

姐姐什么也没说。

"玩得好吗？"

那就是妈妈的方式。我能想象，她正站在那儿，睡衣向上高高卷起，煞白的双腿伴着蓝色的青筋露在外面，看上去一塌糊涂。妈妈穿戴整齐出门的时候，可是要好得多。

"是的，我们玩得好极了。"姐姐说。她的声音很好笑——有几分像是学校保健室那台钢琴在你耳朵里奏响时高而尖厉的声音，滑稽得很。

妈妈问了更多的问题。他们去哪儿了？碰到熟人了吗？如是种种。那就是她行事的方式。"晚安。"姐姐用走了调的嗓音说道。

她飞快地打开我们房间的门，然后关上。我起先想让她知道我是醒着的，但又改变了主意。她在黑暗中呆呆地站立着，急促的呼吸声听得很清楚。几分钟后，她似乎是从衣柜里找出睡衣，上了床。我能听到她在哭泣。

"你和塔克吵架了？"我问道。

“没有，”她答道，然后又像是改变了主意，“是啊，是吵了架。”

有一件事是绝对会让我觉得讨厌的，那就是听到有人哭泣。“我不会让这事烦到我的。你明天要替我好好掩饰。”

月光自窗口倾泻进来，我可以看到她将下巴从一侧移到另一侧，然后盯着天花板看。我观察了她很长一段时间。月光看上去冰冷冷的，一阵潮湿的风从窗口刮进来，凉凉的。我像以前那样把身体挪过去紧贴住她，心想或许这样可以让她不用再那么移动下巴，并且停止哭泣。

她全身在颤抖着。当我靠近她时，她将身体闪开了，就好像我掐了她一样。她很快地把我推远，把我的脚踢开。“不要！”她说，“别碰我。”

我觉得姐姐可能是突然变得古怪了，她哭得比以前更慢、声音更尖。我有点害怕，于是起身去浴室待了一小会儿。当我从浴室里看向窗外时，在转角处街灯的那个位置看到了某样东西——我知道那东西肯定是姐姐想知道的。

“你知道怎么了吗？”回到床上时，我问道。

她躺在不能再靠边的床边上，全身僵硬，没有回答。

“塔克的车停在路灯下面呢，就靠在路边上。我看到了那辆车的车厢和两只后轮，我可以从浴室窗子看到那辆车。”

她甚至连动都没动一下。

“他肯定就坐在那儿呢。你和他怎么了？”

她什么都没有说。

“我没看见他，不过他大概正坐在车子里，在路灯下面，就坐在那儿。”

她好像并不在乎，或许她本来就知道塔克在那儿。她已经是比不能再靠边还要更靠边了，脚硬梆梆地伸出来，双手紧紧抓住床沿儿，脸枕在一侧胳膊上。

她以前一直是趴在我身边睡觉的，于是当天热的时候，我不得不推开她，有时还要打开灯，画出床的中间线，让她看看她是怎样确确实实地侵犯我这一边的。而那天晚上，我觉得用不着去画任何线了。我感觉很不好，在再次睡着之前，我看了外面的月光很长时间。

第二天是星期天，爸爸妈妈一大早就去了教堂，因为那是我姑姑的忌日。姐姐说她觉得不舒服，没有起床。丹出去了。我独自待着，很自然地，我走进了我们的房间，姐姐在那儿。她的脸和枕头一样白，眼睛下面有黑眼圈。她下巴一侧有一处肌肉在抽动，好像正在嚼东西似的。她没有梳头，头发披散在枕头上，亮眼的红色，凌乱又美丽。她正在读书，书拿得离脸很近。我走进来的时候，她的眼睛没有挪位置。我敢说，她的眼睛甚至都没在书页上动过哪怕一下。

那天早上天气炙热，外面的一切在太阳底下都很晃眼，看一看就会伤到眼睛。我们的房间很热，热得几乎可以用手指去触碰空气。但是姐姐却把被子完完全全拉到了肩膀上。

“塔克今天来吗？”我问道。我试着说点什么，好让她能振作一些。

“嘘！难道住在这屋子里的人就不能有片刻安宁吗？”

她从未说过那样的刻薄话，而且如此突如其来。但这句话大概并不是抱怨或者不高兴。

“好吧，”我说道，“没人会在意你的。”

我坐下来，假装阅读。每当有脚步声从街上经过，姐姐便会将书抓得更紧些，我知道她正在全力倾听。我能很轻松地区分脚步声，甚至可以不用看就知道走过去的是有色人种还是白人，因为有色人种走路时大多会有一种拖泥带水的声音。脚步声过去后，姐姐便不再紧握着书，转而去咬住嘴唇。有车经过的时候，她的表现也是完全一样。

我对姐姐感觉抱歉。当时我便决定，永远不会让随便哪个男孩带来任何争吵，不会让他使我感觉或者看起来像姐姐那样。但是，我希望姐姐和我的关系能回到原来的样子。星期天早晨，用不着什么别的麻烦事儿了，光这一件这就够受的了。

“我们比其他姐妹吵得少多了，”我说，“就是吵了，也会很快就过去的，不是吗？”

她嘴里嘟嘟哝哝，眼睛盯着书上的同一位置不动。

“这是好事啊。”我说。

她轻轻转动着脑袋，从一边到另一边，一遍又一遍，表情毫无变化。“我们从来没有真的争吵得没完没了，就像老巴伯的两个姐妹那样……”

“没有过。”她答道，像是根本没想过我说了些什么一样。

“打从我能够记事起，我们就没有像她们那样真的吵过一次。”

过了一会儿，她第一次抬眼看着我，突然说道：“我记得一次。”

“什么时候？”

在黑眼圈的映衬下，她的眼睛看起来是绿色的，而且那双眼睛像是钉进了自己看到的东西里。“你每天下午被禁足的那一周，很久很久以前了。”

突然之间我记起来了，这件事我已经忘了很长时间，不愿再去想起。她那样一说，记忆就完完全全地回到了我脑子里。

那真是好久以前的事了——大概在姐姐十三岁的时候。如果我记得没错的话，那时候我比现在无情得多，心眼也小。我那个比其他姑姑加在一起还要更喜欢的姑姑怀了死胎，自己也死掉了。葬礼过后，妈妈跟我和姐姐讲了这件事。那时候我一听到这些不喜欢的坏消息，总是会把自己折腾得疯掉——彻彻底底地疯掉，还会害怕。

姐姐说的却不是那件事。她说的是那之后的几个早晨，姐姐开始来所有大女孩每个月都会来的东西，我理所当然地发现了，并且怕得要死。妈妈于是跟我解释那是什么，并告诉我她用的是什么。我那时的感觉就像听到姑姑那件事时一样，甚至还要糟糕十倍。我觉得姐姐也不一样了，我发了疯，想要扎进人群里面去发泄一阵。

我永远不会忘记姐姐站在我们房间穿衣镜前的样子。记得她的脸色正如此刻躺在枕头上时一样，有黑眼圈，闪耀的长发披在肩膀上——只不过比现在年轻些罢了。

我坐在床上，死命咬着我的膝盖。“看得出来，”我说，“还是看得出来。”

她穿着一件毛衣，一条蓝色百褶裙，全身上下都很瘦，确实可以看出来一点点。

“谁都看得出。只要看你一眼，谁都会眨眨眼说知道了。”

她的脸色发白，站在镜子前面一动不动。

“看起来吓死人了。我绝对不愿意像你现在这样。看得出来，什么都看得出来。”

她开始哭泣，去告诉妈妈，说她不会再去学校了。她哭了很长一段时间。我当时是多么冷酷无情啊，现在有时也还是一样。这就是很久以前妈妈为什么罚我整整一周每天下午待在家里不准外出的原因。

那个星期天塔克赶在午餐之前开着车来了。姐姐匆匆起床穿好衣服，急得甚至连唇膏都没涂。她说他们要出去用餐。差不多每个星期天，我们全家人都是整天待在一起，因此这就有点滑稽了。直到天几乎黑了他们才回家。因为天气炎热的缘故，在那辆车再次开来时，我们所有的人正坐在前门廊那儿喝冰茶。他们从车里出来后，一整天心情都很好的爸爸坚持要塔克留下来喝一杯茶。

塔克和姐姐一起坐在秋千上，他没有向后仰身，脚后跟也没有蹬在地上准备站起身来。他一直不断地将玻璃杯在两只手上换来换去，不断提起新的话题。除了偷偷摸摸瞅一眼外，他和姐姐都没有看对方，完全不像彼此着了魔的样子。他们几乎像是害怕什么东西似的，看起来很滑稽。塔克很快就离开了。

“过来在爸爸旁边坐会儿，小猫咪。”爸爸说。“小猫咪”是他感觉特别好时称呼姐姐用的爱称，他仍旧喜欢把我们当宠物。

她走过去，坐在爸爸椅子的扶手上。她僵硬地坐着，和塔克刚才一样。她刻意坐得稍远一点，这样爸爸的胳膊就难以绕到她腰上了。爸爸抽着雪茄，看着院子外面，树木已经开始融入天际初黑的黯淡了。

“我的大女孩，这些天过得还好吗？”在感觉好时，爸爸仍旧喜欢紧紧拥抱我们，他对待我们——甚至也包括姐姐——就像是对小孩子那样。

“还行。”她微微倾了倾身说道，好像想要站起来，却又不知道怎样才能不伤害到爸爸的感情。

“这个夏天你和塔克过得很愉快，是不是，小猫咪？”

“是啊。”说着，她又开始来回晃动下颚了。我想说点什么，但是什么也想不出来。

爸爸说：“塔克现在应该要回理工大了吧？他什么时候走？”

“再过不到一周。”她猛地站起身来，撞掉了爸爸手上的雪茄。她甚至都没去捡起来，就径自穿过前门急速离去了。我能够听到她小跑着回到我们房间和关房门的声音，我知道她就要哭出来了。

天气比什么时候都热，草坪开始变得昏暗。蝗虫嗡嗡叫着，声音尖锐单调极了，除非特意去想，否则便无法注意到它们一直在叫。天空变成了蓝灰色，街对面空地上的树暗暗的。我继续在前门廊跟妈妈爸爸一块坐着，左耳进右耳出地听着他们低声交谈。我想要和姐姐一块回我们的房间，但又害怕回去。我想要问她到底是怎么了，她和塔克的争吵真有那么糟糕吗？是不是由于她对他过于疯狂，以至于在他走时感到过分伤心？有那么一会儿，我认为哪一个都不是。

我想要知道，但我又害怕询问。我只是在那儿同大人们坐在一起，感到从未像那天晚上那么孤独过。即使我曾想着要去表现得悲伤，我也只是在事后才想到悲伤是什么样子——坐在那儿，看着蓝灰色的阴影横越草地，感觉就像我是这个家庭里唯一被遗留下来的孩子，感觉姐姐和丹都死掉了，或者已然一去不返。

现在已经是十月了，阳光明媚，稍显秋凉，天空是我那绿松石戒指的颜色。丹去了理工大，塔克也一样去了。今年秋天与去年全然不同，我从高中（我已经上高中了）上学回来时，姐姐或者倚窗坐着读书，或者给塔克写信，或者只是看着外面。她更瘦了，而且在我看来，有时她的脸看上去像是个大人。或者像是——从某种程度上而言——有什么东西突如其来地深深伤害了她。我们再也没有做我们曾经常常做的那些事。这是闲扯的好节气，或者随便做什么事情都好。但我们没有做，她只是各处坐坐，或者在寒冷的傍晚时分独自出去散步很长时间。有时，她会以一种绝对痛苦的方式微笑——好像我在她眼里完全只是个小孩子似的。有时我想痛哭，或者去揍她。

不过，作为近在身旁的人，我实际是很麻木无情的。如果姐姐或者其他什么人希望的话，我就可以自己一个人独自待着。我很高兴自己十三岁了，仍旧穿着儿童袜，可以做我想做的事儿。我不想再长大，如果我会变成像姐姐那个样子的话。不过，我不会的。我不会像她深爱塔克那样，去深爱这世界上的随便哪个男孩子。我绝对不让任何男孩或者随便什么东西使自己重蹈她的覆辙。我不会去浪费时间设法使姐姐回到她从前的那个样子。我显然变得孤僻了，但是我不在乎。我知道没有方法可以使自己一生都停留在十三岁上，但却知道我不会让什么东西来真正改变自己，哪怕一点点都不要——不论那是什么。

我溜冰，骑车，每周五去参加学校组织的足球比赛活动。但是有一天下午，同学们聚集在健身房地下室里，先是静悄悄的，然后就开始谈论具体的事情——关于结婚的各种事情。我很快起身，跑上楼去打篮球，这样就可以不必去听他们谈论。当有些孩子说他们要开始涂唇彩、穿长袜时，我说，给我一百美元我也不会。

你们瞧瞧，我现在一点儿都没有像姐姐那样。我不会的。认识我的随便什么人都很清楚，我就是不会那样。我不想长大——如果是像姐姐那样的话。

神　童[1]

她走进起居室，乐谱袋子往她那穿了厚厚冬袜的腿上“扑通”一甩，另一只手上托着沉重的课本，在那儿站了一会儿，聆听琴室里发出的声音。一阵柔和的钢琴和音，一把小提琴的调弦声。然后，比尔德巴赫[2]先生用他那粗短、温吞的声音大声喊道：

“是你吗，碧恩贤[3]？”

她一把将手套脱掉，看到自己的手指急速动着，正在演练早上练习过的赋格[4]指法。“是的，”她回答道，“是我。”

“我……”那声音顿了顿，“你等一下。”

她能够听到拉夫科维茨先生在说话，他的谈吐听来像一种丝绸般的、难以理解的嗡鸣声。如果同比尔

---

① 此篇还被收录进《伤心咖啡馆之歌》。

② 比尔德巴赫（Bilderbach）：常见的德语男子名。

③ 碧恩贤（Bienchen）：德语“小蜜蜂”的意思，为文中比尔德巴赫先生对弗朗西斯的爱称。此处取音译。

④ 赋格（Fugue）：赋格通常是建立在一个主题上，以不同的声部、不同的调子，偶尔也用不同的速度或上下颠倒或从后往前地进行演奏。

德巴赫先生的声音作对比的话，她觉得几乎像是女人的声音。躁动感分散了她的注意力。她摸了摸几何课本和那本《贝立雄先生的旅程》[1]，然后把它们放在桌子上。她在沙发上坐下，开始将乐谱从袋子里取出来。她又一次看到了自己的手——颤抖的肌腱自指节处延伸下来，生了茧的手指尖被卷曲、肮脏的胶带缠得凹陷了下去。这景象更加剧了已经折磨她好几个月的恐惧感。

她喃喃地对自己说了几句鼓励的话，声音小得听不见。不错的课程——不错的课程——就和一直以来一样——当她听到比尔德巴赫先生凝滞的脚步踏过琴室的地板，听到房门在滑开的当儿嘎吱作响时，她的嘴唇闭紧了。

有那么一会儿，她有种特别的感觉，觉得在自己十五岁生命的大部分时光里，一直都在守望着那扇门后凸显出来的那张脸，还有肩膀。在沉默的不安之间，只有那把小提琴的琴弦在嘶哑而空洞地来回锯着。比尔德巴赫先生。她的老师比尔德巴赫先生。从房间对角都可以看得到他牛角质眼镜框后面飞快转动的双眼，光亮、单薄的头发下的那张窄脸，和松弛地闭着的嘴唇。在他牙齿的抿咬下，粉红色的下嘴唇散发着光辉，太阳穴上分叉的青筋在明显地跳动。

“你是不是来得稍微早了点？”他问道，斜瞟了一眼放在壁炉架上的钟——钟指向十二点五分已经有一个月了。“约瑟夫在这里。我们正在演练一个他认识的人写的小奏鸣曲。”

“好啊，”她作出笑脸说道，“我会听的。”她看见自己的手指无力

---

①《贝立雄先生的旅程》（*Le Voyage de Monsieur Perrichon*）：为法国十九世纪著名剧作家尤金·拉比什的作品。

垂在钢琴琴键的一处污点上。她感到很疲累，觉得如果他长时间看着她的话，她的双手可能会战栗的。

他在房间里走了几步，犹豫地站住了。他的牙齿将发亮、肿胀的嘴唇很明显地压了下去。“饿了吗，碧恩贤？”他问道，“这儿有些苹果蛋糕，安娜做的，还有牛奶。”

“等到结束以后吧，”她说，“谢谢了。”

“在你顺利完成一堂非常好的课之后？”他的微笑好像在嘴角那儿消失了。

一个声音自他身后的琴室里响起，拉夫科维茨先生推开另一半门，站到了他旁边。

“弗朗西斯？”他微笑着说道，“接下来的工作怎么样？”

不知为什么，拉夫科维茨先生总是使她感觉自己很傻气，觉得自己长得太高大。他自己是那样的一个小个子男人，在手上没拿提琴的时候尽显疲态。他的眉毛在那蜡黄的、犹太人的脸庞上高高地弯曲着，不过他的眼皮却没精打采、毫无生气、昏昏欲睡。今天他看起来似乎心不在焉，走到房间里根本就不为什么明确的目的，沉静的手指里握着他那把珠光闪耀的琴弓，将那白色的琴弓马尾在一块松香上慢慢滑动。今天，他的双眼锐利明亮地眯成了一条缝，亚麻围巾顺着他衣领的暗影垂下来。

“我猜你现在已经做了很多。”拉夫科维茨先生笑道，尽管她根本还没有回答刚才那个问题。

她看着比尔德巴赫先生，他转身走了。他沉重的肩膀推得房门大开，于是傍晚的阳光便越过琴室的窗户，黄灿灿地刺透满是灰尘的起居室。在她老师的身后，她可以看到长长的立式钢琴，窗子，还有勃拉姆斯的半身像。

“没有，”她对拉夫科维茨先生说道，“我做得糟透了，”纤细的手指翻动着乐谱的页面，“我不知道自己怎么了。”她看到比尔德巴赫先生结实又佝偻的背绷直了，他在听着。

拉夫科维茨先生笑了。“还有时间的，我认为，当一个——”

一个刺耳的和声从钢琴处响起。“你难道不认为我们最好继续这个吗？”比尔德巴赫先生问道。

“马上。”拉夫科维茨先生说，进门之前，又用他的琴弓擦了擦松香。她可以看到他从钢琴上拿起了他的小提琴。他看着她的眼睛，调低了琴弦的。“你看过海默的照片了吗？”

她的手指在乐谱袋的尖角上紧紧盘曲着。“什么照片？”

“《音乐快递》① 里那张海默的照片啊。那儿，在桌上，在封面内页里。”

小奏鸣曲开始了。虽然还不太和谐，却多少有些质朴的味道。有些空乏，却拥有一种仅属于它自身的利落风格。她伸手翻开了那本杂志。

海默就在那儿——在左边的角上。握着他的小提琴，手指勾在琴弦上，正在拨弦。暗色哔叽料的灯笼裤用皮绳整齐地捆缚在膝盖上方，穿着一件翻领毛衣。这是张糟糕的照片。他拍的是侧身像，眼睛被摄影师整个截去了，手指看来似乎是拨在错误的弦上。对着摄像器

---

①《音乐快递》(*Musical Courier*)：纽约市出版的一本有关音乐和音乐界的周刊。

材痛苦地转身，看来对他而言是在遭难——他的肚子现在并没有挺出来——不过他这六个月里也没有改变多少。

海默·伊斯雷尔斯基，天才的青年小提琴家，与其老师拍摄于河滨车道的琴室中。年轻的大师伊斯雷尔斯基很快就会迎来他的十五岁生日，他将被邀请参与演奏贝多芬协奏曲，与著名的……

这天早晨，她从六点到八点练完琴后，爸爸让她到桌边来和全家人共进早餐。她讨厌早餐，吃完早餐会给她带来一种很难受的感觉。她宁愿等着用她二十美分的午餐钱买四根巧克力棒，然后在上学的时候把它们啃掉——从口袋里掏出来用手帕遮着一点一点吃，直啃到只剩银色包装纸“格格”作响为止。但是今天早上，爸爸放了一只煎鸡蛋在她的碟子里，她知道，如果鸡蛋裂开，那黏滑的蛋黄慢慢流到蛋白上的话，她是会哭的。以前她遇到过这种情况，同样的感觉这时又来到她身上。她小心翼翼地把杂志放回到桌子上，闭上了双眼。

琴室里传来的音乐，听起来似乎因为某些本不应存在之物而变得激烈又笨拙。过了一会儿，她的注意力移向海默、协奏曲和照片上，之后又再一次徘徊到了音乐课上。她在沙发上轻轻挪动位置，直到能够看清整个琴室——他们中的两位一边斜眼窥看钢琴上的五线谱一边演奏，尽其所能诠释着乐曲的内涵。

她不能忘记刚才比尔德巴赫先生看她时的那张脸。她的双手放在尽是骨头的膝盖上，仍在下意识地抽搐，演练着赋格曲的动作。她觉得疲累，伴随着晕眩与虚脱的感觉，与在练习过度的晚上即将跌入梦乡时的感受相似。就像那些令人生厌的、发出嗡鸣声的浅梦，将她带到它们自身漩涡般扭曲的时空里。

一个神童[1]——一个神童——一个神童。音节以低沉深广的德意志方式奔涌而出，在她的耳边轰鸣咆哮，继而转为呢喃耳语。在面前旋绕、扭曲、放大，再凋零为苍白无力的斑点——比尔德巴赫先生，比尔德巴赫夫人，海默，拉夫科维茨先生。旋转不息环绕不停的喉音说着：神童。比尔德巴赫先生面容急切，在虚无的环状中如海市蜃楼般浮现，其他人环绕在他的身旁。

一连串的乐句疯狂起伏。她练习过的音符曲段逐次崩落，像是一大把石子散落楼下。巴赫、德彪西、普罗科菲耶夫[2]、勃拉姆斯——与她疲劳身体遥远的悸动，以及周遭环绕的嗡鸣声荒谬地保持着同步。

有时——当她练习没有超过三小时，或者放学后在外面待着的时候——梦境还不至于如此混乱。音乐很清晰地在她的脑海中翱翔，闪现的、准确的小小回忆还可以转回来——如同联合演奏会结束之后，海默那张娘娘腔作派的“纯真年代”式的照片给她的感觉类似。

一个神童——一个神童。这是比尔德巴赫先生在她十二岁，她第一次去他那儿时给她的称呼。年长的学生们也重复着一样的话。

除此之外，他也曾对她说过这样的词。“碧恩贤——”（她有一个很普通的美国名字，但是他从不使用——除非当她的错误十分严重时）“碧恩贤，”他会说，“我知道这肯定很糟。总是需要比周围人超出一个头。可怜的碧恩贤——”

比尔德巴赫先生父亲是荷兰的小提琴手，母亲来自布拉格。他在

---

① 原文为德语词“Wunderkind”，“神童”的意思。

② 普罗科菲耶夫（Prokofieff，1891—1953）：苏联作曲家、钢琴家。

这个国家出生，青年时代则在德国。有多少次了啊，她希望自己不是只在辛辛那提出生和长大。你怎么用德语说“奶酪”？比尔德巴赫先生，荷兰语怎么说“我不明白你说什么”？

她去琴室的第一天。在她凭着记忆演奏完整首《匈牙利狂想曲第二号》[①]之后。房间在微光中黯淡。他的脸像是整个都贴在了钢琴上一样。

“现在我们从头开始，”他在第一天这么说，“这——演奏音乐——可不只是靠聪颖。即使一个十二岁的女孩在一秒钟里能按很多琴键，那也没有任何意义。”

他用粗硬的手拍了拍自己宽大的胸口和前额。“这里和这里。你的年纪已经足够大，可以明白这个了。”他点燃一根香烟，轻轻地向着头上呼出第一口烟气。“还有就是练习——练习——练习——。我们现在将从这些巴赫创意曲和这些小小的舒曼作品开始。”他的手又开始动了——这次是用力去拉她身后的台灯，好让灯线照着乐谱。“我会示范给你看，告诉你我希望这首曲子该怎么弹。现在你仔细听好了！”

她在钢琴前面待了几乎三个小时，十分疲劳。他低沉的说话声好像是在她的体内长时间游荡一般。她想要伸出手来，去触碰他那指点着乐段的有力的手指，想要去感受那闪闪发光的金戒指，以及他手背上茂密浓厚的汗毛。

---

①《匈牙利狂想曲第二号》(*second Hungarian Rhapsody*)：李斯特《匈牙利狂想曲》中流传最广的一首。作品以匈牙利民间舞曲《恰尔达什》为素材。狂想曲通常指具有英雄史诗般的气概和鲜明民族特色的器乐幻想曲。它是十九世纪兴起的一种器乐体裁。

她在周二放学后和周六下午有琴课。在周六的课结束后，她常常留下来吃晚餐，在那儿待一晚，然后第二天一早搭班车回家。比尔德巴赫夫人以她那冷淡到几乎沉默的方式喜爱着她。她同她的丈夫之间有很大的不同。她又安静，又肥胖，而且动作缓慢。当她不在厨房里烹制他们两个都爱吃的大餐时，似乎就将她全部的时间都消磨在了二楼的床上——读读杂志，或者只是半笑不笑地无所事事。当他们在德国结婚时，她是个抒情歌手。她不再继续演唱了（据她说是喉咙的缘故）。当他把她从厨房里叫出来，听某个学生演奏时，她永远都是微笑着说那很“古特”[①]，非常“古特”。

当弗朗西斯十三岁时，有一天她得知，比尔德巴赫家没有小孩。这看起来很奇怪。有一次，她待在厨房一角同比尔德巴赫夫人在一起，比尔德巴赫先生大跨步地从琴室回来，因为被一些学生惹恼了的缘故，他生气地绷着脸。他的妻子正站着搅拌浓汤，直到他的手伸出来放到了她的肩膀上，她才转过身来静静地站着，与此同时，他用双手环抱着她，把他那张轮廓分明的脸埋在她白皙的、软绵绵的、多肉的脖颈里。他们那样站着一动也不动，然后他的脸猛地弹开，满脸的愤怒已经减弱成了一种毫无表情的安静，然后他就回琴室去了。

自从她开始在比尔德巴赫先生那里上课之后，就没时间去关注高中同学的任何事情了。海默曾是唯一和她同龄的朋友，他是拉夫科维茨先生的学生，会在晚上跟她一起去比尔德巴赫先生那儿——当她在那儿的时候。他们会一起听老师们演奏，有时他们自己也合奏几首室

① 原文为德语“gut”，即“好”的意思。

内乐——莫扎特奏鸣曲，或者布洛赫。

一个神童——一个神童。

海默是个神童。然后，他和她。（他和她都是神童）

海默自四岁起就开始拉小提琴了。他不需要去学校，拉夫科维茨先生的哥哥——那个瘸子——曾经在下午的时间教他几何、欧洲史还有法语动词。当他十三岁时，他的琴艺已经不输给辛辛那提任何一位小提琴手了——每个人都这样说。但是，拉小提琴肯定要比弹钢琴来得简单。她知道肯定是那样。

海默身上似乎总是带有灯芯绒裤子、吃过的东西还有松香的味道。还有，半数时间里，他双手的指关节处都是脏的，肮脏的衬衣袖口从他毛衣的袖子里探出头来。当他演奏时，她总是注视着他的手——只在关节处显得瘦，短短的指甲下面鼓起的指肉上带着硬硬的小斑块，在他弯曲着的手腕上，婴儿般的皮肤褶皱看得一清二楚。

在睡梦中快要醒过来的时候，她又朦朦胧胧地梦到了那场演奏会。几个月之后她才知道，那场演奏会对她而言并不成功。真的，相较于她，报纸更多地赞扬了海默。他可比她矮多了。当他们一起站在舞台上的时候，他只到她的肩膀位置。她知道这给人们带来了不同的感受。还有，这跟他们一起演出的奏鸣曲也有关系，他们演的是布洛赫的作品。

“不，不——我认为这是不合适的。”在节目单规定以布洛赫作为压轴曲目的时候，比尔德巴赫先生说道：“应该用约翰·鲍威尔[①]的

① 约翰·鲍威尔（John Powell，1882—1963）：美国钢琴家，作曲家。弗吉利亚人。

那首《弗吉利亚奏鸣曲》。”

这使她完全无法理解，因为与拉夫科维茨先生和海默相比，她更想要以布洛赫作为收尾。

比尔德巴赫先生妥协了。稍晚些时，在审查员们说她缺乏演奏那一类型音乐的气质，并说她的演奏给人单薄、空乏的感觉之后，她感觉自己是受了欺骗。

“区区小事，”比尔德巴赫先生说，在她面前噼啪作响地抖动报纸，“你没什么错，碧恩贤。一切都给海默们、维茨们和斯基们吧。”

一个神童。不管报纸上说了些什么，他总是对她这么称呼。

为什么海默在演奏会上完成得比她好得多呢？有时在学校里，当她应该看着同学在黑板上解几何题时，这个问题就会像把刀似的在她体内搅动起来。她睡在床上时会为此担心，甚至有时在弹钢琴时也是如此。这并不仅仅因为弹的是布洛赫的作品，不因为她不是犹太人，也不因为海默不需要去上学，以及他那么小就开始练琴，而是因为——？

她曾经以为自己知道为什么。

“弹幻想曲和赋格。”一年前的一个晚上，比尔德巴赫先生曾如此要求她——在他和拉夫科维茨先生一起读完一些乐谱之后。

她弹奏的巴赫，对她而言，看来是完成得相当不错。从她的眼角可以看到比尔德巴赫先生脸上平静喜悦的神情，每每成功奏过曲段的高潮部分后，可以看到他的双手从椅子扶手上兴奋至极地抬起，然后心满意足地轻松垂下。钢琴弹奏结束后，她自钢琴前站起，咽口水来放松喉管，音乐似乎淤积在她的喉咙和胸腔里了。但是——

“弗朗西斯——”拉夫科维茨先生突然说道，薄薄的嘴唇微曲，双眼几乎被耷拉下来的眼皮遮住了，“你知道有多少小孩演奏巴赫吗？”

她神情迷惑地转头望着他。“相当多，二十有余。”

“那么——”他那微笑的嘴角如刻画般轻轻浮现在苍白的脸上，“那么他可能就不会那么冷门了。”

比尔德巴赫先生不太高兴。他那喉音严重的德国腔中不时会夹进一个“金德”[①]。拉夫科维茨先生扬起了眉毛。她很轻松就捉住了他们话中的要点，不过，她觉得她并没能装出幼稚、茫然的表情，而这种表情是比尔德巴赫先生希望看到的。

然而，这样的事儿已经无关紧要了，至少也并不太多，因为她会长大的。比尔德巴赫先生知道这一点，甚至拉夫科维茨先生的话也没点破这层意思。

在那些梦中，比尔德巴赫先生清晰地浮现在那旋绕的虚无环状中，嘴唇在轻轻地催促，太阳穴上的青筋凸显。

但有时在入睡之前，她会清晰地记起，当她在袜子后跟上扯出个洞来后，她会用鞋子把这个洞遮住。“碧恩贤，碧恩贤！”这时比尔德巴赫夫人会带着针线包进来，教给她这处应该如何打上补丁，而不是简单缝到一起，使袜子皱成一团。

那时她初中毕业了。

“你穿的是什么？”一个星期天早晨吃早饭的时候，她跟他们讲起练习列队走进大礼堂的事情，比尔德巴赫夫人问道。

---

① 原文为德语“Kind”，即“孩子”的意思。

“我表姐去年穿过的晚装。”

“啊哈——碧恩贤！”他说着用沉重的双手环握住温暖的咖啡杯，抬头看着她，笑眼四周满是皱纹。“我敢打赌，我知道碧恩贤想要什么——”

他固执己见，完全不相信她解释说自己的确是一点都不在乎。

“应该这样，安娜。”他说着扯下餐巾，走过餐桌，踱到房间的另一角，拍了拍屁股，牛角质镜框后面的眼睛转个不停。

下一周的周六下午上完琴课后，他带她去了市中心的百货公司。他那厚厚的手指抚过女售货员从各种布料里拉展开来的薄纱和脆亮的塔夫绸，用不同的颜色比在她的脸上，自己伸长脖子，把头偏向一边，然后挑选了粉色的料子。鞋子他也没忘。他最喜欢的是几双白色的儿童高跟鞋。在她而言，那些鞋背上红色的交叉饰带给人一种慈祥的感觉，看起来有些像是老妇人穿的鞋子。不过这真无所谓。当比尔德巴赫夫人开始裁剪那套正装，用曲别针来给她把衣服弄得束身合体时，他中断了他的课程，站在一旁，建议在臀部和脖子附近加上皱褶，在肩膀上添一个时髦的玫瑰花饰。而后飘忽而来的音乐美妙动听，正装华服、毕业典礼并没有造成什么不同。

一切都无关紧要，除了演奏音乐——因为音乐必然要被演奏，将她体内肯定具有的那些东西引领出来。练琴，练琴，一直练到比尔德巴赫先生脸上那种急切的神情多少减退一些。将那些东西——迈拉·赫斯①有的，耶胡迪·梅纽因②有的，甚至海默也有的——放入

① 迈拉·赫斯（Myra Hess，1890—1965）：英国女钢琴家。
② 耶胡迪·梅纽因（Yehudi Menuhin，1916—1999）：美国犹太裔小提琴大师。

到她的音乐里！

四个月之前，在她身上开始发生的是什么？弹出的音符开始带上了一种轻浮、沉闷的色彩。她认为是青春期。一些孩子满怀希望地练琴——练习，再练习，像她一样，直到一点点微不足道的小事情令他们开始哭泣。他们竭尽全力想要克服、跨越过去——他们深为渴望憧憬之事——有些吊诡的事情开始发生了——竟然不是她！她和海默相似，应该是她。她——

这件事已经确定过了，你并未失去过它。一个神童……一个神童……是她，他说过的，万分肯定地道出那几个词，以低沉深广的德语发音方式。并且，在梦中甚至说得更加深沉，无与伦比的确信。伴随着他望向她的、渐次浮现的脸庞，还有那些急切的乐句，放大着、盘旋着混合聚集成环形、环形、环形——一个神童。一个神童……在这个下午，比尔德巴赫先生没有像往常一样引着拉夫科维茨先生到前门去。他坐在钢琴前，轻柔地反复按着同一个琴键。弗朗西斯聆听着，看着那位小提琴手，看着他把围巾绕上自己苍白的脖颈。

"我看到海默一张不错的照片，"她说着拿出了琴谱，"我在几个月前收到他一封信——信上讲到他听施纳贝尔[①]和胡伯尔曼[②]演奏，讲到卡内基音乐厅，还讲到在俄罗斯茶室进餐之类的事。"

为了推迟一些进入琴室，她一直等到拉夫科维茨先生准备离开，在他打开房门时，站在了他的身后。屋外的天寒地冻涌入了房间里，天色渐晚，空气中弥漫着冬日傍晚惨淡的昏黄。当大门

---

① 施纳贝尔（Schnabel，1882—1951）：著名奥地利犹太裔钢琴家。

② 胡伯尔曼（Huberman，1882—1947）：犹太裔波兰小提琴大师。

“砰”的一声关上时，房间似乎比她所知道的任何时候都更为黑暗、沉寂。

她进入琴室，比尔德巴赫先生从钢琴边站起身来，默默地看着她坐定在琴键之前。

“嗯，碧恩贤，”他说，“今天下午我们整个过一遍。从头开始。忘掉前几个月的那些事。”

他看上去好像是在准备演电影中的哪场戏似的，搓着双手，结实的身体无处不在摇摆抖动，甚至以一种电影化的方式满意地微笑着。然后突然之间，他将这种礼貌全部抛到一边，厚重的肩膀耷拉下来，开始翻阅她带来的那叠乐谱。“巴赫？不是，还没到，”他喃喃自语着，“贝多芬？对，变奏奏鸣曲，第二十六号。”

钢琴的琴键包围了她——僵硬、惨白，恰如死亡。

“等一下。”他说。他站在钢琴的弧形琴盖旁，撑着胳膊，注视着她。“今天我对你有所期待。现在这首奏鸣曲是你练习得最早的一首贝多芬奏鸣曲，从技术上来说，每一个音符你都已经掌握，你必须心无旁骛，全神贯注于乐曲。现在只有曲子本身是你需要去考虑的全部东西。”

他沙沙地翻动她的乐谱，直到找出那首曲子。然后把他的教师椅拉到房间正中掉了个头，张开双腿，跨坐在椅背上。

不知为什么，她总觉得他坐在这里常常会给她的演奏带来好的效果。不过今天她觉得自己会用眼角去留意他，并因此受到干扰。他的背部僵硬地倾斜着，两腿显得很紧张，硕大而沉重的躯体看起来正在椅背上艰难地保持着平衡。“现在我们开始吧。”他说着，用不容反抗的目光向她望了一眼。

她用手过了一遍琴键，然后坐了下去。第一个音有点过重，随后的调子则显得干涩。

他的手很夸张地从乐谱上抬了起来。“等等！去思考一分钟。你在弹什么！这个开头是怎样标记的？”

“行板[1]。”

“嗯。那就不要把它拖成柔板[2]。还有，弹的时候要深深按下。不要那样浅尝辄止地触键。这是一首优雅深沉的行板——”

她又试了一次。她的双手似乎完全独立在她心中的音乐之外了。

“听听，”他打断了演奏，“这些变奏段落中的哪一个统领了全部？”

“挽歌。”她答道。

“那就为挽歌做好准备。这是一个行板，不是像你刚刚弹奏的那种沙龙音乐。用弱音轻柔地开始，然后，刚好在琶音之前再舒展开，使它温暖、富于戏剧性。接下来这个地方的标记为‘柔美’，这就要按照对位曲调奏出来。这些其实你都知道的，我们以前曾经走过一遍关于这方面的所有内容。现在开始弹吧，去感觉它，就像贝多芬把它谱写下来的时候一样。找到那种悲切、抑制的感觉。”

她没法不去看他的手。它们看上去似乎是犹豫不决地在乐谱上休息，一旦她开始演奏，便像是发出了停止休息的信号，它们随时准备

---

① 行板 [（An—）andante]：音乐速度术语，每分钟六十六拍，指稍缓的速度而含有优雅的情绪，属中慢板。

② 柔板（Adagio）：音乐速度术语，每分钟五十六拍。

飞起来。他戒指上闪动的微光使她停了下来。“比尔德巴赫先生——也许，如果我——如果你让我整个不停地过一遍第一变奏部分，我或许可以弹得好些。”

“我不会打断你的。”他说。

他苍白的脸颊靠得离琴键很近。她过了一遍第一部分，然后，遵从他一个点头发出的指令，开始了第二部分。她弹奏得没有瑕疵，他对她毫无干扰，不过，由她手指弹出的旋律还来不及放入她心中所感受到的深意。

当她全部弹完后，他从曲谱上抬起头来开始说话，语调沉闷直率：“我几乎听不到右手部的和声搭配。顺便提一下，这个部分理应提升强度，做好铺垫——这应该是第一部分的内在要求。接着弹下去吧。”

她的心告诉自己，应该以有限的奔放开始，再发展为一种深沉的、逐渐蔓延的悲戚。但是手却像软塌塌的通心面条那样黏在了琴键上，她没办法去想象那音乐应该是什么样了。

当最后一个音停止颤动时，他合上乐谱，很刻意地从椅子上站起来。他的下颚左右移动，在他张开的嘴唇之间，她可以窥见粉色的、健康的、通向他喉咙的管道，还有他那结实的、被烟草染黄的牙齿。他很小心地将贝多芬放在她其他的乐谱上面，再次把手肘撑在光滑、漆黑的钢琴盖上。“不行。”他言简意赅，注视着她。

她的嘴唇开始颤抖。“我无能为力。我——”

突然之间，他将嘴唇不自然地挤出一个微笑。“听着，碧恩贤，”他开始使用一种新的、毋庸置疑的语调，“你不是还在弹《快乐的小铁匠》[1]吗？我跟你说过，不要把它从你的演奏曲目中删掉。”

“是的，”她说，“我时常练习它。”

他的语气是用来和孩子们说话的那种。“这是我们能够继续进行下去的、最首要的事情之一。记住，你曾经那样有力地演奏它，就像你真是一个铁匠的女儿一样。你看看，碧恩贤，我太了解你了，就好像你是我的亲生女儿一样。我知道你拥有什么，听你弹过那么多美妙的曲子。你曾经是——”

他在混乱之中停下了话语，吸着他那根已经不成样子的半截香烟。烟气自他粉色的唇间懒洋洋地氤氲而出，附着在她稀疏的头发和孩子般的前额周围，蒸腾成一围灰色的雾霭。

“把它弹得快乐、简单些。”他说着，一边打开她身后的灯，然后逆着钢琴步步后退。

有那么一会儿，他正好站在灯光的亮圈之中，然后，他激动地坐在了地板上。“要充满活力。”他说道。

她没办法不去看他。他用一侧脚跟支撑坐着，另一条腿横着翘起，保持着平衡。裤管下强壮大腿上的肌肉绷紧，后背挺直，手肘十分可靠地支撑在膝盖上。“现在，简单点，”他又说了一遍，用肉乎乎的手做着手势，“想着那铁匠——每日在阳光下劳作。简单努力，不受干扰。”

她无法低头去看钢琴了。光线照亮他张开了的双手手背上的汗毛，使他的眼镜片辉耀闪烁。

---

①《快乐的小铁匠》(*Harmonious Blacksmith*)：亨德尔的四首大键琴组曲名。

“弹全曲，”他催促道，“开始！”

她觉得自己骨头里的骨髓已被抽空，身体里已经没有一点点血液。她的心脏整个下午都在拍击着胸腔，自己好像一下子死了。她仿佛看到自己的心脏黯淡又羸弱，就像崖边一只干掉的牡蛎。

他的脸庞似乎是在她面前的空间里悸动着，随着太阳穴上青筋的不稳跳动越来越近。几近崩溃之中，她低头去看钢琴。她的嘴唇像果冻一样抖个不停，无声的泪水夺眶而出，白色琴键在模糊的眼中看上去像水边的际线。“我不行了，”她低声说，“不知道为什么，我就是不行——再也不行了。”

他紧张的身体松弛了，抓握住自己一侧的手，把他自己给拉了起来。她抓起她的乐谱，很快地从他的身边跑开了。

她的外套、手套还有雨鞋、课本，以及他在她生日时送给她的乐谱袋，全部来自曾属于她的这个沉默的房间。快一点——在他能够开口说话以前。

当穿过门廊时，她忍不住去看他的双手，那双手正从他斜靠在琴室大门的身体上伸出来，松懈无力，无所适从。大门紧紧地关上了。她拖着书还有乐谱袋，在石阶上磕磕绊绊地走去，随后拐进了一条错道，在那条因为噪音、自行车，以及其他孩子们的玩乐声中变得混乱的街道上急速前行。

外国人

一九三五年八月，一个犹太佬独自坐在一辆南下长途客车的后排座位上。已经是傍晚时分，而这个犹太佬的旅程是从早上五点开始的，这就是说，他在黎明破晓之时离开纽约市，除了屈指可数的几次必要停靠之外，为了那个抵达目的地的时刻，他已在后排座位上耐心等待了许久。在他身后，是那个伟大的城市——那个浩渺而晦涩难懂的设计奇迹。这犹太佬这么早出发展开这次旅程，带着关于这一城市最后的记忆——不可思议的空洞与虚幻。当太阳升起时，他走在无人的街上。远处的前方可以看见那些摩天大楼，那些淡紫与鹅黄的大楼像钟乳石一般挺拔、清晰，直刺云霄。他听着自己安静的脚步声，在那个城市里，他这是头一次在街上清楚听到一个单独的人类发出的响动。不过即便如此，与对于即将到来的几个小时的某些微妙警告——混乱，关闭地铁门时附近那些习以为常的挣扎，白日里城市的嘶吼咆哮——相比，此处却还是有身处人群之中的感觉，如此种种，是他抛之于身后的、关于这个地方的最后印象。而现在，在他面前的是南方。

这犹太佬是个大约五十岁上下的男人，一位颇具耐性的旅行者。他中等身材，体重只比平均身高的人略轻。因为下午炎热的缘故，他脱下了那件黑色的外套，小心地挂在自己座位后面。他穿着蓝色条纹衬衫，灰色格子长裤。对于这条破烂不堪的裤子，他在敏感点上十分小心，每次交叉双腿的时候，都把布料拉到膝盖上来，用手帕从上面轻轻弹掉车窗里飘入的灰土。尽管身旁没有其他乘客，他仍旧注意不越过自己的座位界限。在他上面的行李架上，有一个纸制的午餐盒，还有一本字典。

犹太佬是个细心的人，已经细心地端详过每一位同行客了。他特别在意两个黑鬼，尽管他们是分别在相隔很远的不同车站上的车，却已经在后座上说说笑笑了整个下午。犹太佬同样很感兴趣地看着沿途的风景。他有张安详的脸，有个高高的、发白的额头，深色的眼睛藏在牛角质框的眼镜后面，还有一张相当不自然的、苍白的嘴。对于一位颇具耐性的旅行者、一个如此镇静的男人而言，他有一个恼人的坏习惯，就是不停地抽烟。而当他吸烟时，会默默担心他的烟头，并且不停地用拇指和食指摩擦、牵扯出细碎的烟丝来，因此，那根香烟常常是残破不堪，以至当他再次将香烟放到唇边之前，不得不去掐灭烟头。他的手指尖结了少许的茧，手被锻炼成一种微妙的、肌肉完美的状态，那是一双钢琴家的手。

漫长的夏日黄昏到七点才刚刚开始，经过一天的耀目和炙烤之后，天空现在恢复成了一种平和的蓝绿色。长途客车尘土飞扬地沿着一条未铺路面的道路行驶，两侧是宽广的棉花地。刚才在这里停靠的时候，捎上了一位新乘客——一个年轻男人，带着一个崭新的便宜铁皮箱。经过片刻尴尬的犹豫，年轻人坐在了犹太佬旁边。

“晚上好，先生。”

犹太佬微笑——为这年轻人被太阳晒得黝黑的愉快的脸——并以带着些口音的轻柔声音回应这一问候。有那么一会儿，这些就是他们之间所说的全部言语。犹太佬看向窗外，年轻人则用眼角羞涩地看着他。这之后，犹太佬从行李架上取下了他的午餐盒，准备吃晚饭。盒子里有一个用黑麦面包做的三明治，以及两只柠檬蛋挞。“你想来点吗？”他礼貌地问道。

年轻人的脸红了。“哎呀，太感谢了。您看，我上来的时候，不得不打理身上，根本没有机会吃晚饭呢。”他那晒黑了的手，在两只蛋挞上来回犹豫，最终选择了那只边上已有些缺口的、样子不太好的蛋挞。他有一副温暖悦耳的嗓音，说话时拖长了元音，最后的辅音不发出声来。

他们默默吃着，带着那种懂得食物价值的人才有的、慢慢享受的神情。吃完蛋挞以后，那个犹太佬用嘴舔湿指尖，再用手帕擦干。年轻人看完后便颇为庄重地跟着他做了一遍。黑暗正在降临，远处的松树已然模糊，田地之后远处那些孤零零的小屋中有灯光闪烁。犹太佬一直在专注地看着窗外，最后他转身对年轻人向外面点头示意了一下那些田地，问道：“那是什么？”

年轻人瞪大双眼，望着树梢后面远方的一个烟囱轮廓。“从这儿看不太清楚，”他说，“可能是个杜松子酒厂或是锯木厂吧。”

“我说的是外面这些到处正长着的东西。”

年轻人感到迷惑了。“我不知道您说的是什么。”

“那些开白花的植物。”

“是那个啊！”这个南方人慢条斯理地说，“那是棉花。”

“棉花？”犹太佬重复了一遍，“当然是棉花。我应该知道的。”

对话出现了长时间的停顿，此间年轻人用担心与崇拜的神情看着那犹太佬。有几次他润了润嘴唇，好像又要开始说话了，但经过一番深思熟虑之后，他对犹太佬温和地笑笑，带着精心设计过的宽慰点了点头。然后（只有上帝知道他在哪个小城镇的希腊咖啡馆里有过那种经验）他俯身过来，直到他的脸离犹太佬只有几英寸远了，才操着不自然的重音问道：“您是希腊人？”

那犹太佬满脸困惑，摇了摇头。

但年轻人却点头微笑得更执着了。他用非常响亮的声音重复他的问题。“我说，您是希腊人吗？”

犹太佬退回到他的角落里。“我能听见你说的话，只是弄不明白你是什么意思。”

夏日的黄昏消逝。客车驶离了尘土飞扬的土道，开上了一条平整却蜿蜒的公路。天空是忧郁的深蓝色，月亮是白色的。棉花地（大约是隶属于某些大农庄的）已在他们身后，现在道路两侧的土地尽是休耕地和荒地。地平线上的树木在蓝色的天空划出暗黑色的流苏，四下笼罩在一种昏暗的薰衣草色调之中。奇怪的是，透视法的观察变得艰难起来，远处的景物出现在近旁，近在咫尺的东西却显得遥远。沉默占据了客车，只有马达在轰鸣震动，单调乏味的声音连连不断，使人几乎忘记了它的存在。

这个晒得黝黑的年轻人叹了口气，犹太佬迅速扫了他一眼。南方人笑了，用软绵绵的声音问他："您家在哪儿，先生？"

犹太佬没有立即回答这个问题，他从香烟末端一点一点捻出细碎的烟丝，直到香烟支离破碎得无法再抽，然后便将烟蒂踩灭在地板上。"我想把家安在将要去的那个城里——拉法叶特维拉[①]。"

这个回答细致含蓄，是犹太佬可以给出的最好答案了。听了如此回答应该能够马上明白，这不是一个普通的旅者。他并非那个刚刚抛诸脑后的伟大城市里的居民，他旅行的时间不会以小时来计算，而是以年来计算——路程不是几百英里，而是上千英里。甚至像这样的度量尺度，也只是就某种意义而言。这一次的逃亡之旅——对于这个两年以前从慕尼黑家中逃出的犹太佬而言——相比通过地图和时间表来衡量的旅行假期，倒更接近于一种心理状态的旅行吧。在他的身后，是一个令人焦急徘徊、迟疑不定的深渊，既有恐怖，亦有希望。不过关于这些，他是不会说给一位陌生人听的。

"我要去一百零八英里以外的地方，"年轻人说，"但这已是我离家最远的一次旅程了。"

犹太佬礼貌地扬了扬眉毛表示惊讶。

"我去看我的姐姐，她刚刚出嫁一年。我很想念这个姐姐，而她现在——"他犹豫片刻，似乎正在脑海中翻找一些细腻精确的表达，"她怀孕了。"他那蓝色的眼睛满是狐疑地盯住犹太佬，仿佛不太相信

① 拉法叶特维拉（Lafayetteville）：宾夕法尼亚州的一个小城。属于"南伍德伯里城镇联盟"中的一员。

一个以前从未见过棉花的人能听懂这伟大自然界的另一个基本原理。

犹太佬点了点头，咬着他的下唇，带着克制住了的笑意。

“孩子快出生了，而丈夫正忙着烤烟叶，所以，我觉得自己或许能来帮得上忙。”

“但愿她能顺顺当当的。”犹太佬说。

谈话到此中断了一会儿。天已经很黑了，客车司机把车开到路边，打开了车厢里的灯。突如其来的明亮弄醒了一直睡到现在的一个小孩，她开始聒噪起来。后座的两个黑鬼已经安静了很长时间，现在又开始没精打采地对话。前排的一个老人开始和他的旅伴开起玩笑来，说话时带着充耳不闻式的虚伪固执。

“您的家人已经去了您要去的那个镇子吗？”年轻人问犹太佬。

“我的家人？”犹太佬摘下眼镜，对着镜片呼气，然后用衬衫袖子把它们擦得铮亮，“不，在我自己安定下来以后，他们会来找我——我妻子，还有两个女儿。”

年轻人向前倾了倾身体，胳膊肘撑在自己膝盖上，下巴则陷进了他的手掌里。灯光下面，他的脸圆圆的，乐观而又温暖；汗珠在他粗短的嘴唇上边闪闪发亮；蓝色的眼睛恹恹欲睡，软软的棕色刘海湿漉漉地垂在额头上；看上去多少有些孩子气。“我估计不久以后我就要结婚了，”他说，“我在姑娘们中间挑了好长时间。现在终于将目标缩减到了三个。”

“三个？”

“是啊，她们看起来都很漂亮。这也是我觉得现在适合去旅行的另一原因。想想看，当我回去以后，我就能从新鲜的角度重新审视她们，或许能够下定决心该向哪一个求婚了。”

犹太佬笑了，一个顺畅的爽朗笑容把他的模样彻底改变了。他脑袋后仰，双手紧握，所有绷紧的痕迹离开了他的脸。尽管这不过是他在自作欢笑，南方人还是跟着他一起大笑了起来。然后，犹太佬的笑声戛然而止，就跟开始笑时一样突然，他以一次深呼吸作为结束，先呼气，再减弱为一声叹息。犹太佬闭了一会儿眼，像是正将这次的小小逗乐收藏在哪个内在的储存滑稽表演才能的地方。

这两个旅行者吃在一起，笑成一团，现在便不再是陌生人了。犹太佬在座位上更随意地坐着，从背心口袋里取出一根牙签，半掩着嘴，不怎么引人注目地用了起来。年轻人拉掉领带，把衬衣扣子解到胸口棕色蜷曲的汗毛刚好露出来的位置。但是，这个南方人显然没有犹太佬那么悠闲自在，有什么事儿在困扰着他。看来他是想表达一些痛苦的难于启齿的问题，只见他擦了擦额头上湿漉漉的刘海，撑圆了嘴，仿佛是要吹口哨似的，最后终于开口问道：“您是个外国人？”

“是的。”

“您从国外来的？”

犹太佬低下头，等着他问下去。但年轻人却好像问不下去了。就在犹太佬等着他开口，自己既不说话也不保持沉默的当儿，长途客车停下来，载上了一个在路边打招呼的黑人妇女。看到这位新乘客，犹太佬感到不安。那黑妇人看不出年龄，如果不是穿了一件污秽的外衣来充作女装的话，甚至都难以一眼确定她的性别。她身材很怪，很难将她归属于任何一个确定的体形标准之中，就整体而言，她是矮小、佝偻和未充分发育的。她戴着一顶褴褛的毛毡帽，穿着一条开衩的黑裙子和一件用装谷物的麻袋改成的女式衬衫。在她的一侧嘴角上有个丑陋的、破掉的脓疮，嘴唇下面挂着一团花饰。她的眼白一点也不白，呈现出一种浑浊的黄色，带着红色的纹路。她的脸整个看上去是犹疑、饥饿和麻木的。当她沿着客车中间的过道往里走，想去后排找个位置的时候，犹太佬诧异地转向那年轻人，紧张地小声问道："她是怎么回事？"

年轻人被弄糊涂了。"谁？您是说那个黑鬼？"

"嘘——"犹太佬提醒着，因为他们坐在倒数第二排，而那黑人恰恰在他们身后。

但那个南方人已经从座位上转过身，注视自己身后了。他态度如此坦率，使得犹太佬感到汗颜。"怎么了？她没什么啊，"他在完成了这次审查之后如是说道，"反正我是看不出来。"

犹太佬尴尬地咬着嘴唇，眉头紧锁，眼神不安。他叹了口气，看向窗外，尽管车内的光亮与外界的黑暗反差极大，根本看不见什么东西。他没有注意到，那个年轻人正在设法捕捉他的眼神，他几次动了动嘴唇，似乎要开口说话，最后，这年轻人的问题终于还是说出了口。"您去过法国巴黎吗？"

犹太佬给了他肯定的回答。

"那是我一直想去的地方之一。我知道，在战争期间，这个人在那里牺牲了，不知怎么的，我这一生一直都想要去趟法国巴黎。但请理解——"年轻人停了下来，很热情地看着犹太佬的脸，"请理解，这并非是温了头[1]。"（不知是因为受了犹太佬注重音节处理

[1] 原文为"wimming"，这是对话中的生造词。实际应为"swimming"（晕了头）。

的感化，还是出于对优雅习惯的某些虚伪尝试，那个年轻人确确实实是把那个词说成了“温了头”）“不是因为您听说过的那些法国女孩。”

“那你是喜欢那些建筑——林荫大道？”

“不是，”年轻人茫然摇了摇脑袋，“那些东西中的哪一个都不是。怎么会有这种感觉，我也不明白。当我想着巴黎的时候，只有一样东西在我的脑海里，”他闭上眼睛，陷入了沉思之中，“我总是看到一条两旁都是高楼的窄街，天下着雨，阴冷难忍。除了一个法国佬，视线中没有任何人，他站在角落里，帽子低得遮住了眼睛。”那年轻人焦虑地盯着犹太佬的脸看，“我现在怎么对一些事情有这种乡愁感呢？为什么——您认为呢？”

犹太人摇了摇头。“可能是太阳晒得太多了。”他最后说道。

在这之后不久，年轻人到达目的地了——一个十字路口的小村落，看起来似乎已经被废弃了。这个南方人得抓紧时间离开客车，他从行李架上取下自己的铁皮箱，对犹太佬挥挥手。“再见，嗯——”他吃惊地发现自己还不知道犹太佬的名字。“我叫克尔，”犹太佬说，“菲利克斯·克尔。”然后那年轻人就下车了，跟黑人妇女同一站下。由于看到她，令犹太佬感到不安的人的卑微，也一道离开了客车。犹太佬又是孤身一人了。

他打开午餐盒，吃起那只黑麦面包做的三明治来，然后抽了几根烟。有那么一会儿，他坐在那儿，脸紧贴住车窗，试着去汇集一些窗外风景的印象。自夜幕降临时起，天空中风起云聚，不见繁星。模糊绵延的大地上，他时不时可以看见一栋建筑物黑色的轮廓，或者靠近路边的树丛。最后，他转头不再看了。

车内的乘客们已经安顿妥当，准备过夜，有些已经睡着了。他四处张望着，带着疲惫不堪的好奇心。有那么一下子，他对自己笑了笑，那是一个使他的嘴角变得分明的、很浅的微笑。但那之后，甚至还在那个微笑的最后一点痕迹消逝以前，他身上便迎来了一个突然的转变。他一直在看前排那个穿着工装裤的、似乎对一切都充耳不闻的老人，一些细微的观察，似乎突然令他产生了强烈的情感，一种扭曲的痛苦迅速浮现在他的脸上。然后他低下头，用拇指按住右边的太阳穴，其余的手指则拿来按摩额头。

犹太佬对此感到悲伤，尽管他对那破旧的格纹裤子小心翼翼，尽管他开心地吃过了饭并且大笑过，尽管他满怀期待地等待着这个近在眼前的完全陌生的新家——在诸多烦恼之中，独有一种漫长的、黑暗的悔恨藏在他心里。他没有为艾达——他的好妻子——而悲伤，他与她一道忠诚相守了二十七年；也没有为小女儿格里塞尔悲伤，她是一个很惹人爱的孩子。她们俩——若上帝愿意——能够在他为她们打点好了之后，就马上到这里来同他一起便好。这悲伤既不与他对朋友们的担心相关，也无关乎丧家之苦、自己的生活保障与境遇。犹太佬是在为她的大女儿凯伦而悲伤。她在哪儿？幸福与否？他对此一无所知。

这样的悲伤并不是挥之不去的，不是按照比例和步骤一点一点地侵入人的心灵的。这种悲伤（因为犹太佬是个音乐家）如同管弦乐作品中一个从属的但却急切的乐章——一个无休止的主题一样，渴望用所有可能的变奏、音色与旋律坚定自己的存在。此刻，这主题正隐现于那神经质样的飞跳弓[1]在琴弦上的不停来回之间，随后又浮现在英国管[2]上田园诗式的忧郁之中，或者在一片黄铜管的重重包围之下，不时诠释于尖锐刺耳却又残缺不全的声音之中。并且这一主题——尽管在大多数时候都被巧妙地隐蔽住了——受它自身纯粹坚持的影响，对整部作品的影响远比表面上浮现的那些主乐章更为显著。同样，在这首管弦乐作品当中，当这个主题被压制得太久时，在某个信号的牵引下，它会如火山爆发一般，转瞬之间肆虐侵占其他所有的音乐旋律，凌驾于一切之上，以到目前为止淤积的所有愤懑来作出总结。不过这主题与悲伤，还是会存在一些差异。因为悲伤并非是确定了的召唤，并非如在指挥手中的信号那样，在某一个给定的时刻才会激活一种睡眠状态下的悔恨。悲伤是不可计算的，它的侵袭是间接迂回的。因此犹太佬可以平静地谈他的女儿，说她名字的时候不会禁不住颤抖一下，但是在客车上，当他看到一个几近失聪的男人向一边侧过头去听一点点谈话的内容时，犹太佬却无法抑制他的悲伤了。因为他的女儿习惯微微侧耳倾听，只在对方说完的时候，再很快地去瞥那么一眼。这位老人那漫不经心的动作，正是对他体内压制已久的悲伤加以释放的召唤——因此那犹太人面颊抽动，低下了头。

在很长一段时间里，犹太佬紧张地坐在自己的座位上揉搓着前额。然后在十一点钟时，客车按照时间表停下了，乘客们抓紧时间，轮流使用一个带着尿骚味的狭小公厕。稍晚些，在一家咖啡厅里，他

① 飞跳弓（Flying—spiccato）：跳弓技法中的一种，常常被用来制造短促、轻巧、铿锵分明的顿音效果。

② 英国管（English Horn）：即 F 调双簧管，比双簧管的音域低五度，音色比双簧管浓郁而苍凉比较含蓄内在。常被用来表现忧伤或平静，也能够吹出田园风光。

们把饮料一饮而尽，点了可以带走的、能用手直接吃的食物。犹太佬喝了杯啤酒，回客车上去打算睡觉。他从口袋里取出一块没有折叠过的干净手帕，然后在属于他的角落里安顿好自己，弓起背脊，把头靠在客车一侧的弯转处。他用手帕盖住自己眼睛，保护它们不受光线侵袭。他双腿交叉，手在膝盖上放松地叠放，开始安静地歇息。午夜时分，他睡着了。

黑暗之中，长途客车向着南方坚定前行。到了午夜时分，那些夏天的浓密云流偶然散了开去，天空顿时一片明净，星光闪耀。他们沿着阿巴拉契亚山以东长长的海岸平原蜿蜒下行，越过悲哀的棉花地和烟草田，穿过宽广寂寞的松木林。白白的月光下，那些令人感到情绪低落的农家租棚的轮廓与路缘亲近起来。他们不时经过黑暗中正在熟睡的城市，有时客车停下来，上下一些旅客。犹太佬跟那些累垮了的人一样，睡得死沉。客车的一次颠簸，使他的头向前垂到胸前，但这并没有妨碍他的睡眠。将近破晓时，客车到了一个比途经的所有城镇都大些的镇子。车停下后，司机把手放在犹太佬的肩膀上摇醒了他。于是，他的旅程终于结束了。

后期小说

通信录

白厅街 113 号

达连湾，康涅狄格州

美利坚合众国

一九四一年十一月三日

曼努埃尔·加西亚

圣若泽大街 120 号

里约热内卢

巴西，

南美洲

亲爱的曼努埃尔：

我猜，当你看到这封信上的美国地址时，就已经知道这是封什么信了。黑板上，你的名字列在那个我们可以选择通信的、南美洲高中学生的名单上。我是选了你名字的那个人。

或许我应该告诉你一些关于我自己的事情。我是个正在度过自己第十四个人生年头的女孩，今年是我高中的第一年。很难准确地描述我。我很高，身材不是很好——那是因为长得太快的缘故。我的眼睛是蓝色的，然后，我不太清楚你对我的头发颜色怎么看——除非你也会叫它“浅棕色”。我喜欢打棒球，还喜欢做科学实验（比如使用“化学实验成套器具”①），以及读各种各样的书。

我长这么大，一直都想去旅行，不过我去过离家最远的地方，也不过是新罕布什尔州的朴次茅斯而已。不久前，我想了非常非常多关于南美洲的事情。自从在名单上选下你的名字以后，我也想了非常非常多有关于你的事情，想象你长得什么样子。我看过里约热内卢的海港照片，于是，我就能在脑海中看到你走在阳光下的海滩上。在我的想象中，你有着清澈的黑眼珠，棕色的皮肤，以及黑黑的带卷儿的头发。我一直都为南美人感到疯狂，其实我一个都不认识。我一直希望能把南美洲走个遍，尤其想去里约热内卢。

既然我们要成为朋友，并且互相通信，我想，我们就应该马上彼此了解一些比较严肃的话题。最近我想了很多很多关于人生的事情。对于我们为何要来到这个地球上，我进行了彻底的深思。我已决定不去相信上帝，但从另一方面而言，我也不是个无神论者。我认为，万事万物的存在必定有个什么原因，生命本身也不是徒劳无益。当死去的时候，我想——我相信灵魂上是会有某些事情发生的。

---

① 化学实验成套器具（chemical set）：上世纪五六十年代流行的一种儿童玩具。内含试管、烧杯、计量天平、酒精灯等实验室用具，以及一些常见的化学反应物。

我还没很明确地决定以后会去做些什么，这件事使我感到担心。有时，我认为我要去做一名极地探险家，另外一些时候呢，我计划去当一名报社新闻记者，进而成为一名作家。曾经在好几年的时间里，我都希望能成为一名演员——尤其想成为一名悲剧演员，像葛丽泰·嘉宝那样，演一些悲情角色。然而，在这个夏天里，我参与了一场《茶花女》的演出——茶花女是由我来扮演的，那是一个糟透了的失败表演。演出在我们的车库里进行，我不太好跟你解释清楚，这究竟是一次多么糟糕的失败。总之，现在我想得最多的是如何给报纸写通讯稿，尤其是关于海外通信的。

我并不感觉自己跟其他高中新生一样，我觉得我跟他们是不同的。当我同别的女孩一道消磨周五晚上的时光时，她们能想到的全部点子，就是在附近的那家药店门口“偶遇”某人，诸如此类。在夜里，我们躺在床上，当我提出某个严肃话题时，她们很可能就会睡死过去。她们压根儿就不怎么关心海外风情。我可并不是那种非常不合群的人——不是那样的，我只不过是对其他高中新生不太亲热，而她们对我也并不热络。

曼努埃尔，在写这封信之前，我想了你很长时间呢。并且，我有一种很强烈的感觉——我们之间可以相处得很融洽。你喜欢狗吗？我有一条万能梗①，名字叫托马斯，它是条“从一而终犬”②。我感觉我好像已经认识你很长时间了，我们能一起讨论各种各样的事情。我的西

---

① 万能梗（airedale）：万能梗是梗类特大型梗，名字取自其原产地约克夏郡的“Airedale”溪谷，是水獭犬与已经绝种的黑褐梗配种改良产生的品种，强壮且具有活力，通常用来猎水獭。

② 从一而终犬（one-man-dog）：指一生只忠诚于第一个主人的犬。

班牙语[1]不怎么好，这自然是因为现在只是我开始学西班牙语的第一个学期。不过，我打算要努力去学，这样，在我们见面时，就能弄清楚对方到底说了些什么了。

我想了很多很多事。你明年夏天来跟我一块儿过暑假吗？要是能来的话，可真太棒了。我的脑海中还有其他计划。或许明年，在我们一道旅行之后，你可以待在我家里，在这儿上高中。而我则同你交换，去你家住着，去上南美洲的高中。怎么样？这计划打动你了吗？我还没跟我的爸妈说这个，因为我想等你赞同这个计划以后再说。我极为期待你的回音，然后就可以知道是否我是对的，就可以知道我们关于人生和其他事情的想法是否真是如此相似。你可以给我写任何你想写的东西，就跟我之前说过的一样，我觉得我已经非常了解你了。再会了，并且——给你所有可能的美好祝愿！

你那饱含深情的朋友
赫琦·埃文斯

又及：我的名字实际上是赫丽埃塔，但是家里人还有邻居全都称呼我赫琦，因为赫丽埃塔听起来太娘娘腔了。我把这封信用航空寄，那样它将更快地到你手上。再次对你说，再会！

---

① 此处应是写信人的错误，因为巴西人说葡萄牙语。

白厅街113号

达连湾，康涅狄格州

美利坚合众国

一九四一年十一月二十五日

曼努埃尔·加西亚

圣若泽大街120号

里约热内卢

巴西，

南美洲

亲爱的曼努埃尔：

三个星期已经过去了，我期盼今天会有一封来自于你的信。但很有可能的是，邮递工作所需的时间远比我所估计的要长——尤其现在还是战争时期。我读了全部的报纸，了解世界局势，在心中虔诚地祈祷。我不曾想过，在你给我回信之前，我还会再给你写信。但是，就跟我说过的一样，在这些天里，东西抵达国外肯定要花很长时间。

今天我不在学校。昨天早上，当我醒来的时候，整个人像是散了架，身体肿胀发红，看起来至少是起了小疹子吧。不过，医生来看过以后告诉我，这是荨麻疹。我吃了药，然后就卧病在床了。我在学习拉丁语，因为我这门课的成绩处在及格线边缘。这些荨麻疹消掉后，我会很高兴的。

在第一封信里，我忘了一件事。我认为，我们应该交换照片。你有你自己的照片吗？如果有的话，请寄过来，因为我确实想要确认一下，你是否长得跟我想象中的一样。我随信附上一张快照。在角落里抓痒的狗是我的狗儿托马斯，背景里的房子就是我们家。阳光照进我的眼睛里了，所以照片上我的脸才会像那样皱成一团。

前些天我正在读一本十分有趣的书，是有关灵魂轮回的。意思是说，也许你并非偶然读到这个，因为你有过很多次生命，在某个世纪里你是一个人，在之后的世纪里你又是另一个人。这非常有趣。我想这个想得越多，就越相信这是真的。你对此有什么看法呢？

有一件事我一直以来都觉得难以明白，怎样会这儿是冬天的时候赤道线下面却是夏天呢？当然，我知道为什么会是这样，但同时它的奇特一直使我备受触动。当然，你是习惯这个的。我不得不一直刻意记住，此刻你那儿是春天——即使现在是十一月份。当这儿草木凋零、炉火熊熊的时候，里约热内卢才正在开春。

每天下午我都在等邮差。我有种很强烈的感觉，或者说是某种预感，在这个下午或者明天会收到你的信。邮递时间肯定比我估计的要长，即使是投航空信也一样。

你那饱含深情的
赫琦·埃文斯

白厅街 113 号

达连湾，康涅狄格州

美利坚合众国

一九四一年十二月二十九日

曼努埃尔·加西亚

圣若泽大街 120 号

里约热内卢

巴西，

南美洲

亲爱的曼努埃尔·加西亚：

我简直不能理解，为什么我还没有收到你的回信。你没收到我的两封信吗？班里很多其他人，很早以前就收到了来自南美洲的回信。自从我开始跟你通信之后，差不多已经过去两个月了。

最近我意识到，或许你没有办法在你那儿找到一个懂英语的人，不能将我所写的内容翻译过来。但是，我却认为，你应该能找到某个那样的人。再说，无论如何，名字列在那个名单上的南美人，显然应该是正在学英语的吧。

或许两封信都丢了。我知道有时邮递工作也会出纰漏，尤其因为现在还是战争期间。不过呢，我认为，即使一封信丢掉了，另一封怎么也该安全到达的呀。我真是无法理解。

但也可能有一些我所不知道的原因吧。或许你在医院里，病得很厉害，又或许你全家已经从上一个地址搬走了。我可能很快就能拿到你的来信，这样一切问题就迎刃而解了。如果真有一些像那样的差错存在的话，请不要认为我会因为没有很快收到信而对你生气。我仍旧非常真诚地希望我们能够成为朋友，继续我们的通信。因为我总是为海外国家还有南美风情感到疯狂，并且我对你的好感仍然一如既往。

我很好，并且希望你也一样。在一次为了穷人筹集善款的圣诞节公益抽奖中，我赢了一盒五磅重的雪莉糖礼盒。

请你一拿到信就回信，解释一下到底是怎么了，否则我还真弄不清发生了什么。望保持联系。

你诚挚的

赫琦·埃文斯

白厅街 113 号

达连湾，康涅狄格州

美利坚合众国

一九四二年一月二十日

曼努埃尔·加西亚先生

圣若泽大街 120 号

里约热内卢

巴西，

南美洲

亲爱的加西亚先生：

我总共给你寄了三封信，带着满满的善意，并期盼你能够按照预定，完成你在美国与南美洲学生通信计划中所应履行的任务。班上几乎所有其他人都已经收到回信了，有些甚至还得到了象征友谊的礼物——即使他们并不怎么为海外风情而疯狂，就像我那样。我每天都期待着收到信，并且一心认为你是毫无过错的。但是现在，我意识到自己是犯了一个怎样致命的错误。

我想知道的只是，如果你并不希望履行自己应该履行的任务，为什么要把你的名字放在名单上呢？我现在想说的就是：如果那个时候已经知道现在才知道的这种情况的话，我肯定会选择另外某个南美人。

你真诚的

赫琦·希尔·埃文斯

又及：我不会再浪费宝贵的时间来给你写信了。

马奥尼先生与艺术

他是个大块头的男人，一位承包商，并且还是那个娇小伶俐的马奥尼夫人的丈夫——那女人在俱乐部与文化事务方面可是相当活跃。马奥尼先生这个精明的生意人（他有一家制砖厂和一家刨削成材厂），在艺术家马奥尼夫人的调教下，被强制灌输了温驯友善的思想。马奥尼先生被训练得很好，他已经习惯于谈论“保留剧目”，在听讲演和音乐会时露出合适的、带着温和悲凉感的表情。他能谈论抽象派艺术，甚至还参与了两场小的剧场表演，一次扮演男管家，另一次则饰演一个罗马士兵。马奥尼先生，努力训练自己，却多次受到警告——他怎么能给他们带来那样的耻辱呢？

那晚的钢琴演奏者是何塞·伊图尔维[1]，这也是这个季度的第一场音乐会，一场狂欢之夜。马奥尼家在

---

① 何塞·伊图尔维（José Iturbi，1895—1980）：西班牙著名指挥家、钢琴家。曾参演过二十世纪四十年代的大量电影，享誉欧美。

推动“三艺联盟”这事上竭尽全力。马奥尼先生仅凭一己之力，卖掉了超过三十张当季票——卖给生意场上的点头之交，卖给闹市区的家伙们。他称这场计划中的音乐会是“社区的骄傲”，是“一种文化上的必需”。马奥尼家贡献出自家轿车的使用权，并且举行了一场露天聚餐会，专门款待那些订票人——三个一身白衣的非白人孩子端着小点心，他们新盖的都铎式屋子还装点一新，为这次大事件披花戴锦。马奥尼家赢得了艺术文化赞助商的地位。

那个致命夜晚的开场，丝毫没有将要到来的事情的征兆。马奥尼先生淋浴的时候唱着歌，精心仔细地穿着衣裤。他从达夫的花店里搞来了一朵兰花。当艾莉从她的房间过来的时候——在新屋子里，他们有相邻的、单独的房间——他已经穿着笔挺，在那身晚礼服映衬下，显得容光焕发。艾莉将兰花佩戴在她那蓝色绉绸女装的肩膀位置上，高兴地轻轻拍着他的肩膀说道：“你今晚看起来可真英俊潇洒，特伦斯，简直是卓尔不群。”

马奥尼先生壮实的身体兴高采烈地挺直了，脸庞连带太阳穴上暴起的青筋全部显得红彤彤的。“你总是那么漂亮，艾莉。总是那么漂亮。有时我都搞不清楚，为什么你要嫁给一个——”

她用一个吻来止住了他。

音乐会结束之后，在哈洛家有一场招待会，理所当然地，马奥尼夫妇受了邀请。哈洛夫人是一只“佩铃母牛”[①]——在这遍地好东西的牧场里。噢，艾莉该会怎样鄙视这种乡巴佬式的比喻呐！不过，在

① 指牛群中的领头母牛。人群之中领袖人物的戏谑比喻。

殷勤地将艾莉的坎肩披到她的肩膀上时，马奥尼先生已然将他所有备受责骂的时光给忘了个干净。

具有讽刺意味的是，一直到他那羞耻时刻为止，马奥尼先生对那场音乐会都感到了极度的享受——比任何他所曾听过的音乐会都享受。完全没有那别扭又沉闷的巴赫。他时不时地随着那有点熟悉的曲调，颇带一些进行曲韵味的曲子，用脚打着拍子。当坐在那儿享受音乐之时，他时不时会去瞥一眼艾莉。她的脸上流露出早已准备好的、无法被安慰的忧伤神情——那是她每次听古典音乐会时都会去假装的。在曲目进行之间，她以手扶额，营造出一种受到困扰的气氛，仿佛承受此种情绪所需要的忍耐力，对她而言实在是太大了些。马奥尼先生则高兴地拍打着他那红润肥厚的手掌，对能得到一个可以活动活动身体、做出点什么反应的机会感到由衷喜悦。

幕间休息的时候，马奥尼家两人从容地徐徐步下走道，前往休息室。马奥尼先生发现自己被沃克老夫人给挡住了。

“我正期待着肖邦呢，”她说，“我一直都爱着小调音乐，您难道不是吗？”

“我猜您很爱您的《追悼》[①]。”马奥尼先生答道。

沃克小姐，那位英语课教师，立即大声回嘴道：“是妈妈那忧郁的凯尔特人灵魂使然——她是爱尔兰血统，您知道的。”

感觉到自己大约是莫名其妙地说错了话，马奥尼先生笨拙地接嘴：“好了，我喜欢小调音乐。”

---

① 此为贝多芬第十四号钢琴奏鸣曲第一乐章《延迟的柔板》的俗称。

蒂普·梅伯里攥住马奥尼先生的手，很亲密地说："这家伙当然能把那架老钢琴的琴键奏得嘎嘎响。"

马奥尼先生的回答颇为含蓄："他的水准极高，光辉夺目。"

"还要一个小时才能走，"蒂普·梅伯里抱怨道，"我希望我和你能从这地方溜出去。"

马奥尼先生非常小心地走掉了。

马奥尼先生热爱剧场表演和音乐会上的气氛——雪纺绸、襟花以及高雅的晚礼服。当他以和蔼可亲的面容出现在高中礼堂的休息室里，向女士们致礼，跟客气礼貌的权威们谈论乐章内容和马祖卡舞曲时，他由衷感到了骄傲、满意的心情所带来的温暖。

那是在幕间休息之后、奏第一首曲子时，灾难降临了。这是一支颇长的肖邦奏鸣曲；第一乐章如同电闪雷鸣，第二乐章则是颠簸游离、千变万化。到第三乐章时，他正如之前所知道的一样，跟着节奏用脚打拍子——那首死板的葬礼进行曲，中段是伤感的华尔兹拍子；临近结尾时，来了一个狂飙猛进的最终急奏。钢琴师高高抬起了手，甚至在钢琴凳上稍稍向后仰身了。

马奥尼先生鼓掌了。这就是收尾了——他是那么地确信，以至于在他全心全意地拍完了半打巴掌之后，才意识到最令他感到恐怖的事情，全场就他一个人在鼓掌。借着敏捷如恶魔般的力量，何塞·伊图尔维又开始敲击那些钢琴键盘了。

马奥尼先生带着濒死般的痛苦呆坐着，接下来的每一刻都是他记忆中最可怕的时光。他太阳穴上的青筋膨胀发黑，他将那双令人讨厌的手在大腿之间勾紧。

要是艾莉能给出一些令人宽心的秘密信号该有多好。然而，当他鼓起勇气去偷看一眼艾莉时，她脸色冷若寒冰，带着绝望的专注凝视着舞台。经过几乎无穷无尽的好几分钟蒙羞时间之后，马奥尼先生战战兢兢地将手移向艾莉那覆盖了绉绸衣料的大腿。马奥尼夫人将身体移远，双腿并拢交叉。

在几乎一个小时的时间里，马奥尼先生承受着这场众目睽睽之下的羞辱。其间他看到蒂普·梅伯里瞟了他一眼，与此同时，一种仿若远自外星的不幸感觉袭过他温和柔顺的心灵。蒂普连来自“开膛破肚布鲁斯”①的奏鸣曲都不知道，然而他却好好地坐着，得意扬扬，无人在意。马奥尼夫人拒绝去看丈夫极度痛苦的双眼。

他们还要继续参加聚会。他承认，这是唯一合适去做的事儿。他们聚在那儿，沉默不语，不过当他将车停在哈洛家的屋子前面时，马奥尼夫人说：“我得说，每个有点神智的人都足够清楚，在所有的人都鼓掌之前，不要鼓掌。”

这对他而言才是个“追悼”式的聚会。客人们聚在何塞·伊图尔维周围，一一被介绍给他。（他们都知道谁鼓掌了，除了伊图尔维先生以外；此人对于马奥尼先生和对于其他所有人都宛如甘露一般。）马奥尼先生站在音乐会专用大三角钢琴后面的角落里，喝着苏格兰威士忌。沃克老夫人和沃克小姐紧跟着“佩铃母牛”，围在伊图尔维先生身边。艾莉正检阅着书架上的书名。她取出一本书，甚至还背朝着

① 原文为“Slit Belly Blues”，应是谐音。

房间读了那么一小会儿。马奥尼先生一个人在角落里喝了好多加冰威士忌，还是蒂普·梅伯里最终来与他搭话的。“我猜，卖掉了所有那些票之后，你是有权多鼓一次掌的。”他慢慢地对马奥尼先生使了个颇有深意的眼神，很隐秘地表达了一番兄弟情谊。在那个非常时候，这种情谊马奥尼先生差不多很乐意去接受。

焦虑不安的孩子

休在拐角那儿就开始用视线找寻他的妈妈，但是她却不在院子里。有时她会在外面胡乱修剪树篱上盛开的花卉——白烛葵、美国石竹、半边莲（她教过他这些名字），可今天，四月中旬下午脆弱不堪的阳光照耀下，绿油油的草坪边上开满了姹紫嫣红的花儿，那地方却空无一人。休在人行道上狂奔，约翰跟在他身后。他们连续两次跳跃冲上前门口的楼梯，大门在身后"砰"地关上了。

"妈妈！"休喊道。

而后，在毫无回应的沉默中，他们站在空荡荡的、打过蜡的大厅里，休觉得有什么东西不对劲了。起居室的壁炉里面没有火。自从他习惯了寒冷月份里那闪烁的火光以来，在这个刚刚暖和起来的日子，房间很奇怪地显得无所依傍、没精打采。休打了个冷战。他很高兴约翰在这儿。阳光在那块有花纹装饰的小地毯上投下一圈红轮，闪耀，黯淡，死灭。休对突如其来的一阵关于“另一个时候”的寒冷记忆感到厌恶。那红色圆轮渐渐黯淡成了一块使人晕眩的黑色。

“怎么了，布朗?”约翰问道，“你看起来脸色煞白。”

休站立不稳，手放在自己的前额上。“没什么，我们回厨房去。”

“我不能留得太久，只能一小会儿。”约翰说，“我必须去卖掉这些票，现在吃了就得赶紧走。”

有着清新格子花纹毛巾和干净平底锅的厨房，现在已经是这屋子里最好的房间了。在珐琅漆餐桌上，放着一个妈妈做好的柠檬派。休像平时那样查看过厨房和派之后，走回大厅，仰起头来，又对着楼上呼喊。

“妈妈！妈妈！”

仍旧是全无回应。

“我妈妈做的这个派。”说着，他很快就找到了一柄刀，切进那个派里，想以此来驱散那正聚拢来的恐惧感。

“你觉得你应该切开它吗，布朗?”

“确定无疑，莱尼。”

在这个春天，除非是偶然忘记，否则他们就都用对方的姓来互相称呼。对休而言，这看起来很动感、成熟，并且还有些莫名其妙的壮烈感。相比学校里的其他男孩子而言，休更喜欢约翰。约翰比休大两岁，跟他相比，其他的男孩子们就像是一群一无是处的傻瓜蛋。约翰是二年级中最棒的学生，头脑灵活成绩优秀，但又一点都不受老师的摆布，他同时也是最好的运动员。休是个校园新人，在第一年里并没有太多的朋友——出于某种原因，他将自己隔绝开来，因为他感到很害怕。

“放学回家，妈妈总会为我预备好吃的。”休将一大块派给约翰——应该说，给莱尼——放在了碟子上。

“这个派肯定很好吃。”

“外壳是用脆嘣嘣的全麦酥饼做的，而不是通常的派皮。”休说道，“因为派皮本身相当麻烦。我们觉得这种全麦酥饼应该正好合用。老实说，如果她想做的话，她也可以做出那种普通的派来。”

休静不下来，他在厨房里一边走来走去，一边吃着手上托着的那块派。他那褐色的头发因为不断神经兮兮的翻动而缠卷在一起，温柔的金棕色眼睛被悲伤的困扰所纠缠。那个仍坐在桌旁的约翰感觉到休的不安，他把那条摇晃的腿架在了另一条腿上。

“我确实必须去卖掉这些合唱俱乐部的门票。”

“别走。你有整个下午的时间。”休对空屋子感到害怕，他需要约翰，需要有人陪着他。最紧要的是，他需要听到妈妈的声音，好知道她正在这屋子里，跟自己在一起。“或许妈妈是洗澡去了，”他说，“我再去喊一遍。”

他第三次呼唤的结果仍是沉默。

“我猜，你妈妈肯定是去看电影，或者去买东西，或者干别的什么事去了。”

“不可能，”休说道，“她会留个字条的。每次我从学校回到家里妈妈不在的时候，她总是会这样做。”

“我们并没有去找字条，”约翰说，“说不定她把字条藏在门垫下面了，也可能是放在起居室里的什么地方。”

休伤心欲绝。“不可能。她肯定会把字条放在这块派下面的，因为她知道我肯定会先跑到厨房来。”

“或许她接了个电话，或者冒出了突然想做什么事的念头。”

“大概是吧，”休说，“我记得她跟爸爸说过，这几天她会去给自己买些新衣服。”这一闪而过的希望在说出口之后，也并未解除他的不安，他把头发往后摁住，在这房间里开始发作。“我想最好到楼上去，趁你在这儿我得上楼找找看。”

他站在那里，手扶在螺旋楼梯中间的长柱子上，楼梯木板散发着油漆的味道，他看见楼上浴室那白色的门关着，这再次复苏了他关于“另一个时候”的想法。他的手紧握着螺旋楼梯的长柱，脚朝上挪不开一步。那红色又再次化作使人晕眩、厌恶的黑色。休坐了下来。“把脑袋放到你两腿之间去！”他命令自己——休回忆起了童子军急救课里的内容。

“休，”约翰喊道，“休！”

头晕目眩的状况逐渐消散，休又感到了新的懊恼——莱尼正在喊他的名而不是他的姓，莱尼认为他是个过分依赖母亲的胆小鬼，不配再按以前约定的那样用动感、壮烈的姓氏来称呼他。当他回到厨房时，头晕目眩的状况完全消散了。

“布朗，”约翰叫了他一声，这一来，休的懊恼消失了，“这栋建筑物里有什么东西和奶牛有关吗？比如那种流动的白色液体，在法语里他们管它叫‘雷特（lait）’，我们这儿管它叫‘老纯乳’。”

休感到打击带来的愚钝减轻了。“噢，莱尼，请原谅我。我怎么全忘了？真是个傻瓜！”他从冰箱里取出牛奶，又找来两只杯子，“我没动脑子，心思放在其他事情上了。”

“我知道，”约翰说，过了一会儿，他牢牢盯住休的眼睛，语气平静地问道，“你为什么那么担心你母亲？她生病了吗，休？”

休现在知道，直呼名字并非是一种怠慢，那是因为约翰正在说的东西太严肃，以至于没有办法动感起来。比起交往过的其他朋友，他更喜欢约翰。在餐桌上与约翰对面而坐，他感觉更加自然，也莫名其妙地感觉更加安全些。看着约翰那双平静的灰色眼，友情的感染力抚慰了恐惧的心。

约翰又问了一次，仍旧是很平和的语调：“休，你母亲生病了吗？”

休不会回答其他任何男孩这个问题，除了他的父亲，哪怕别人问得极为委婉，他也从未跟任何一个人谈起过自己的母亲。他和父亲仅仅在忙于某件具体事情的时候才会谈起母亲——比如做木工活时，或者那两次他们在森林中打猎时，或者当他们一起做晚饭以及洗刷碗碟时。

“她也不完全是病了，”休说，“但是爸爸和我却很担心她。至少我们曾经担心过一段时间。”

约翰问：“那她是心脏有什么问题吗？”

休的语气紧张起来。“你听说过我跟那个笨蛋——科雷姆·罗伯茨打的那场架吗？我把他那张蠢脸拖在了碎石路上，几乎都要把他给宰了，这是真的。他至少扎了两天绷带，或许现在还带着一堆伤疤呢。我被罚每天下午待在学校里，整整一周。但我真的差点把他给宰了，如果帕克斯顿先生没有过来把我拉开的话，我会那样做的。”

“我听说过这件事儿。”

“你知道我为什么想要杀了他吗？”

在那么一瞬间，约翰的眼睛避开了。

休绷直了身体，他那破了皮的、典型的男孩子的双手紧抓住桌子沿。他带着嘶声深深地吸了一口气说：“那个笨蛋逢人便说我母亲在米利奇维尔市，到处散播我母亲已经疯了的谣言。”

“无耻的狗杂碎！”

休用无奈的语调轻声说道：“我的母亲是在米利奇维尔市。但那并不意味着她就疯了。”他很快补充，“在那个很大的州立医院里，有提供给疯人的楼房，还有其他的建筑物，是提供给那些仅仅生了病的人的。妈妈只不过是暂时病了。爸爸和我讨论过这个，我们都认为米利奇维尔市的医院有最好的医生，她可以得到最好的护理。但是，你是知道我妈妈的，她比这世界上任何人离‘疯’都要远。约翰。”他又说了一遍，“我得上楼去。”

约翰说：“我一直都认为，你妈妈是这个小城中最好的女士之一。”

“你知道，妈妈身上发生了一件很奇怪的事情，自那之后她就变得忧郁了。”

忏悔，这所有根深蒂固的词语里面最为根深蒂固的一个，开启了这孩子心中早已溃烂了的秘密，于是他继续说话了，更加快速、紧迫，片刻不停地找寻根本无从预见的救赎。

“去年，我母亲觉得她就要有一个小宝宝了。她跟爸爸和我谈到这个。”他自豪地说，“我们都希望是个女孩，我负责选名字。大家都非常高兴。我找出了所有的旧玩具——电动火车，还有那些卡车……

我想给她取名叫‘克蕾斯塔’——怎么样？这个女孩名字有没有打动你？这名字使我想到一些漂亮又高雅的东西。”

“孩子生下来就死了吗？”

即使是跟约翰在一起，休的耳朵也变红了；他用冰凉的手触碰着耳朵。“没有。其实是一种他们称作‘肿瘤’的东西，那就是发生在我母亲身上的事。他们不得不在这里的医院给她开刀，”他显得局促不安起来，声音变得很低，“然后，她身上发生了他们所说的‘生命变化’。”这些词对休来说，十分可怕。“在那之后她就变得忧郁了。爸爸说，这对她的神经系统是一场打击。这种情况通常发生在女士们身上，她的表现就是忧郁，而且每况愈下。”

尽管厨房里没有红色，哪个角落都看不到红色，但休依旧觉得在接近“另一个时候”。

“有一天，她似乎失去信心了——那是去年秋天的时候，”休的眼睛睁得很大，迸射着光芒，他又一次走上楼梯，打开了浴室的门，把手放在眼睛上，来遮挡记忆，“她试着去伤害自己，我放学回来的时候，发现了她。”

约翰跟了上来，小心地抚摸着休那罩着运动衫的胳膊。

“别担心。因为情绪低落和忧郁，很多人都必须要去医院的。这可能发生在任何人身上。”

“我们必须把她安置在医院里——最好的医院里。”对于漫长往昔的记忆，受到迟钝阴暗的孤独感所玷污，就跟那永远令人无法忘怀的“另一个时候”一般残忍——那究竟持续了多久？在医院里，妈妈能四处走动，她总是穿着鞋。

约翰很谨慎地说："这个派的味道毫无疑问，很棒。"

"我妈妈是个很棒的厨师。她会烘焙像猪肉派和鲑鱼面包这样的东西，以及牛排、热狗。"

"我讨厌吃了就走。"约翰说。

休极端害怕被孤身一人抛下来，因为他已经感觉到自己重重跳动的心脏发出来的警告声。

"别走，"他恳求道，"我们再聊一会儿吧。"

"聊些什么？"

休不能告诉他，即使是约翰·莱尼也不行。他不能告诉任何人这幢空屋子的事情和以前的惨状。"我从来没哭过，你哭过吗？"他问约翰。

"我有时候会哭的。"约翰承认。

"我希望在母亲离开的日子里跟你可以更熟一些。以前，爸爸和我几乎每个周六都去打猎。我们以鹌鹑和鸽子为食——我打赌，你会喜欢那样子的。"他用更低的声音补充道，"在星期天，我们会去医院。"

约翰说："出售这些票是个十分棘手的任务。很多人都没兴趣去看高中合唱团俱乐部表演的小歌剧。除非他们知道有谁亲自参加了这个，否则他们宁可待在家里看一出好的电视秀。很多人买票都是出于公德心。"

"我们很快就可以弄到一台电视机了，很快很快。"

"没有电视我可没办法活。"约翰说。

休的声音带着歉意："爸爸打算先付清医院欠款，因为每个人都知道，生病是最花钱的了。那之后我们就能弄到电视机。"

约翰拿起他的牛奶杯。“斯寇尔（Skoal），”他说，“这是瑞典语中喝东西之前会说的话，一个带着良好祝愿的词。”

“你知道很多外国词儿，还有很多种语言。”

“也不是太多，”约翰很坦率地说，“只有‘卡普特（Kaputt）’、‘阿迪尤斯（Adiós）’和‘斯寇尔’，以及法语课上学过的那些东西，并不怎么多。”

“那已经很‘巴库’[①]了。”休说，感觉自己相当机灵，对自己感到满意。

那些积蓄已久的紧张感突然爆发为身体的活力。休从廊柱下面找出篮球，然后就飞奔去了后院。他连着拍了好几下篮球，瞄准了篮筐——那是爸爸在他这次生日的时候放上去的。投篮投偏了之后，他把球传给了随他而来的约翰。户外运动是很好的事，大自然中的嬉戏使休感到轻松，他想出了一首诗的首句：“我的心就像篮球一样。”通常，当一首诗飘到他脑海中时，他都会趴在起居室的地板上，尝试着去捕捉韵律，他的舌头在嘴巴的一侧运动着。母亲从他身上跨过时，会称呼他雪莱·坡[②]，有时她会将她的脚轻轻放在他的屁股上。母亲一直都很喜欢他写的诗。今天第二行来得很快，宛如魔法一般。他很大声地将它念出来给约翰听：“‘我的心就像篮球一样，欢欣鼓舞地滚落门廊。’你觉得这句作为一首诗的开头如何？”

“听起来多少有些疯狂，”约翰说完慌忙又纠正自己的话，“我的意思是，听起来有点古怪，我是说古怪。”

---

① 原文为法语“Beaucoup”，“很多”的意思。

② 此处为诗人雪莱和爱伦·坡的名字组合。

休意识到约翰为什么会换词了，于是打球和写诗的兴致马上便从他的身上溜走了。他抓起球站在那儿，球揽在臂间。金灿灿的下午，门廊下的紫藤葡萄正在怒放着，那些紫藤仿佛是薰衣草色的瀑布，清爽的微风捎来带有阳光气息的花香。艳阳蓝天，晴朗无云。这是春天里首个暖洋洋的日子。

“我得走了。”约翰说。

“不要！”休的声音绝望得不顾一切，“你不想再吃一块派吗？我从未听说过哪个人只吃一块派的。”

他引着约翰进了屋子。“妈妈！”这次，他纯粹是出于习惯而喊了出来，因为他总是在进去的时候这样喊的。在离开阳光明媚的户外之后，他感觉寒冷。这不仅仅是因为天气，还因为他感到非常恐慌。

“我母亲曾在家里待过一个月，每天下午，当我放学回来时，她都在这儿。总是在这儿，总是。”

他们站在厨房里，看着那个柠檬派。对于休而言，那个切过的派看起来莫名其妙地有些古怪。他们就这样一动不动地站在厨房里，出奇的安静令人感到毛骨悚然。

“难道你不觉得这屋子似乎太安静了吗？”

“那是因为你没有电视机。我们每天七点准时打开电视，然后不管起居室里有没有人，它就从早到晚一直开着，直到我们上床睡觉。电视里有戏剧、小品，有搞笑节目，播个不停。”

“我们有一台收音机，当然，还有一台维克[①]。”

---

① “维克多唱机”（Vic）的简称。

“但那跟一台好的电视机可没法比。当你有电视机时，你根本就不会知道你母亲是否在屋子里。”

休没有回答，他们的脚步声在客厅里显得空空落落的。当他站在第一级台阶上，手扶着螺旋楼梯中间的柱子时，他觉得很难受。“你能不能到楼上来一分钟？一分钟就好——”

约翰突然急躁地大声说道：“跟你说过多少次了，我必须去卖掉那些票。对于像合唱俱乐部这样的事，你得有点公德心才行。”

“就一会儿——在楼上，我有些很重要的东西要给你看。”

约翰没有问那是什么东西，休几近绝望地在脑海中搜寻着某个足以令约翰上楼去的东西的名字。他最终说道：“我正在组装一台高保真机器。你肯定知道很多关于电子产品的事情——我父亲也正在帮助我。”

但即使这样说着的时候，他也知道，约翰一秒钟也不会相信这个谎言。连电视机都没有，谁会去买一台高保真音响呢？他有点恨约翰，正如恨那些你正极度需要的人一样。他扳住约翰的肩膀，因为他还有更多的话必须对约翰说。

“我只是想让你知道，我是多么看重和你的友谊。在过去这几个月里，我不知不觉就切断了跟别人的联系。”

“那没什么，布朗。你不该因为你母亲在……不应该对她现在的地方表现得那样敏感。”

约翰把手放在门上，休的身体正在颤抖。“我还是希望你能上来一会儿……”

约翰用困惑的眼神看着他，慢慢问道：“楼上有什么使你害怕的东西吗？”

休想要告诉他所有的事情。但是他不能说出母亲在那个九月的下午做了些什么。这太恐怖、太离奇了。这就像是一个“病人”做的事情一样，一点都不像母亲做的。尽管他的双眼因为恐惧而圆睁着，他的身体在颤抖，但嘴里却仍说着：“我不害怕。”

“那好吧，再见了。很抱歉我必须得走了——责无旁贷就是责无旁贷。”

约翰关上了大门，休于是一个人待在空屋里了。现在，没有什么能帮得了他了。即使起居室里现在有一大群男孩在看电视，即使他们在为那些搞笑节目和玩笑话放声大笑，也都帮不了他了。他必须上楼去找到她。他从约翰最后的话里寻找勇气，大声地重复：“责无旁贷就是责无旁贷！”但是这些话语并没有给他约翰的那种果敢和勇气，在寂静之中，这些话语显得奇怪而又毛骨悚然。

他慢慢动身朝楼上走去，感到心脏不像是一个篮球，而像是一面被击打得很快的、嘈杂的鼓。当他爬楼梯的时候，那面鼓击打得越来越快。他步履蹒跚，紧紧握住楼梯扶手，仿佛正跋涉于齐膝深的水中。屋子看起来很古怪、疯狂。当他往下看楼下放着花瓶和新鲜迎春花的桌子时，那看起来也是莫名其妙的怪异。在二楼有一面镜子，他的脸吓坏了他自己，因为那张脸看上去太过疯狂了。他所上的高中校名的缩写印在他的衣服后面，那些字母因为镜子的反射而错位，他的嘴大张着，像个精神病院里的弱智儿。

他把嘴闭上，看起来好些了。不过他还是看到些东西——楼下的桌子，楼上的沙发——这些都是每天的必见之物，此刻看上去却因为他的恐惧而莫名其妙地被撕裂，或者不停地抖动着。他紧紧抓住楼梯右侧那扇关上的门，喧闹的鼓声奏得更快些了。

他打开了浴室门，有那么一瞬间，整个下午缠绕着他的恐惧，使他又一次看到了在“另一个时候”曾经看到过的场面。母亲躺在地上，周围到处是血，血泊中的母亲死了，在她被整个切开的腕部，血液淌成细流，流向浴缸，在那里积成一大摊。休扶着门框，支撑住自己的身体，然后这房间稳定了下来，他意识到这不是“另一个时候”。四月的阳光照在干净、雪白的瓷砖上，眼前只有洁白的浴室和满是阳光的窗子。他来到卧室里，看着空空的床上玫瑰色的床单。女士用品放在梳妆台上……什么都没有发生，他把自己整个甩到软绵绵的玫瑰色床铺上，以哭泣来寻求安慰，借此消除持续了很长时间的、扭曲变形且又惨淡无希望的疲累。啜泣使他全身不住地颤抖，也安抚了他那嘈杂的、跳动过快的心脏。

这几个月里休都不曾哭过。他在“另一个时候”也没有哭——当他发现母亲单独待在这个血流满地的空屋里时，他没有哭，但是他犯了一个急救错误。在试图包扎之前，他先抬起了母亲那沉重的、满是鲜血的身体。去叫他父亲时，他没有哭。甚至当医生建议送去米利奇维尔市时，或者当他和父亲载着她开车赶去医院时，尽管父亲在回来的路上哭了，他都没有哭。在吃着父亲和他自己做的饭菜时——每天晚上都是肉排，持续整整一个月，他们因此感觉肉排正从他们的眼睛、耳朵里面溢出来——他没有哭。然后他们转而去吃热狗，一直到热狗从他们的耳朵、眼睛里面溢出来。他们陷入可食用之物的单调匮乏当中，并且厨房是整个一团乱，除了周六雇的清洁妇来时以外，从来没有好过。在那些孤独寂寞的下午——跟科雷姆·罗伯茨打架之后，他感觉到其他男孩子们都在想着关于他母亲的古怪事情——他没有哭。他待在家里，在混乱不堪的厨房里，吃着费格·纽顿[①]或者巧克力条。或者，他会去一位邻居家里看电视，那邻居叫理查德小姐，是个老姑娘，她钟爱各种老姑娘节目。当父亲因为酗酒过多而没了胃口，休必须一个人吃饭的时候，他没有哭。甚至在等待已久的周日去米利奇维尔市，当他两次看见门廊那儿一个不穿鞋的女士正对着自己说话时，他也没有哭。一个女病人想要打他，脸上带着无可名状的惊骇表情。开始的时候，母亲对他说："不要把我放在这儿受惩罚，让我回家吧。"听了母亲的话，他没有哭。当诸如"生命变化"、"发疯"、"米利奇维尔市"这样的字眼纠缠着他时，他没有哭。在那长长的几个月时间里，在迟钝、期冀、恐惧造成的紧张状况之下，他哭不出来。

他仍在玫瑰色的床单上抽泣着，床单柔软且冰凉，抵着他湿湿的脸颊。哭泣的声音如此之大，以至于连大门打开的声音都没听见，没听见母亲的呼唤，以及楼梯上的脚步声。当母亲抚摸他，在床单上用力挨着他的脸颊时，他仍在哭泣着，甚至还绷紧了双腿，踢着自己的脚。

"干吗这样呢，乖宝贝？"母亲说道，喊着很久以前他的小名，"发生什么事了？"

母亲试着要把他的脸转过来，他反而哭得更大声了。他不转身，

---

① 费格·纽顿（Fig Newtons）：美国知名无花果馅曲奇饼品牌，其经典曲奇产品有着独特的外形和长达百余年的历史。

想让她担心。直到她最终离开床，他才回头看她。她穿了件不同的衣服——在春日惨淡的阳光下，看起来仿佛蓝色的丝绸一般。

“宝贝，发生什么事了？”

下午的恐怖已经结束，但他不能把这些讲给母亲听。他不能告诉她自己害怕的是什么，或者解释那些让自己感到恐惧的并未发生的事情，虽然过去确实发生过。

“你为什么要这样？”

“天气第一天这么暖和，我突然想起来去给自己买些新衣服。”

但他说的其实跟衣服无关，他正在想着“另一个时候”——在他看到鲜血与恐怖的场景的时候，在他想着“为什么她会对我做这些”的时候，怨恨就已经开始了。他思考着那针对他在这个世界上最爱的母亲的怨恨，想着那些漫长悲伤的日子，爱与恨猛烈相撞，内疚夹杂其间。

“我买了两条连衣裙，两条衬裙。你觉得它们怎么样？”

“我讨厌它们，”休愤怒地说，“你的内衣露出来了！”

她转了两次身，那条衬裙看起来糟糕透了。“这裙子看上去挺可爱的，是这个风格。”

“我还是不喜欢。”

“我在茶餐厅吃了一份三明治，外加两杯热可可，然后就去了孟德尔成衣店。那儿漂亮的东西太多了，看都看不过来。我买了这两条连衣裙，还有，看这儿，休！鞋子！”

母亲走到床边，打开了灯，这样他就能看清楚了。是平底鞋，蓝色的，前端有水钻饰片。他不知道应该怎样去批评。“跟你穿着上街的鞋相比，这双鞋看起来更像是参加晚宴穿的。”

“之前我从未穿过带颜色的鞋子，这鞋子我喜欢得没法不买。”

母亲踏着舞步向窗户走去，那衬裙在连衣裙下摇摆。休此刻停止了哭泣，但他仍旧愤怒。

“我不喜欢这件，因为穿着它，你看起来好像在故意装得年轻些，不过呢，我打赌，你已经有四十岁了。”

母亲停下了舞步，静静站在窗前。她的面容瞬间变得安静而悲伤。“六月，我就四十三岁了。”

他伤害到她了，于是那些愤怒随即销声匿迹，心里存在的只有爱了。“妈妈，我不该说那些的。”

“买东西时，我才意识到，自己已经一年多没有逛过商店了。想想看！”

休无法抗拒那悲伤的寂静与自己深爱的母亲，无法抵御自己对母亲的爱，抑或母亲的美丽。他把眼泪擦在衣服袖子上，从床上爬了起来。“我从没见你这么漂亮过，或许从没看过这么漂亮的连衣裙和内衣。”他在他母亲的面前蹲下，摸着那双闪闪发亮的鞋子。“这双鞋简直是棒透了。”

“我第一眼看见它们的时候，就想到你会喜欢的。”她把休拉起来，在他的脸颊上吻了一下。“现在我在你那儿留下唇印了。”

在擦掉唇印之前，他引用了一个他曾经听到过的诙谐的评语。“这不过说明我很受欢迎罢了。”

“休，在我进来的时候，你为什么在哭呢？学校里有什么事儿惹你烦心了吗？”

“只不过是因为，在回来的时候我发现你不在，也没有留下字条或者什么东西。”

“我完全忘记留下字条了。”

“还有，整个下午我都觉得……约翰·莱尼也来了，但他必须去卖合唱俱乐部的票。整个下午我都觉得……”

“觉得什么？到底怎么了？”

然而，他不能告诉亲爱的母亲自己哭的原因和那些可怕的事。他最后说：“这整个下午我都觉得有点奇怪。”

然后，父亲回家时，叫休跟他一起到后院里去。父亲看起来很担心——就好像他发现了休丢失了一个贵重东西似的。但是那儿没有什么贵重东西，篮球也放在了廊柱后面，那是它应该在的位置。

“儿子，”父亲说道，“有些事情，我想告诉你。”

“嗯，什么事？”

“你母亲说，今天下午你哭过一阵儿，”父亲并不等他解释什么，接着说道，“我希望，我们之间能坦诚相见。你为什么哭？是因为学校里的事吗？或者是因为女孩子？要不你有什么烦恼的事？”

休回想了一下这个下午——下午已经很远了。那距离，仿佛是倒着看望远镜时的那种古怪感觉。

“我不知道，”他说，“我猜，大概是我莫名其妙地有些紧张了吧。”

父亲把手搭在他的肩膀上。“十六岁以前没人会觉得紧张的。你还有很长的路要走呢。”

“我知道的。”

“我从没见过你妈妈这么漂亮过。她看起来美艳绝伦，比这些年的样子要好得多。你发现了没有？”

“那内衣——嗯，衬裙应该露出来的，那是全新款式。”

“很快就是夏天了，”父亲说，“我们会出去野餐——我们三个一起。”这些话瞬间便带来了美景：金色的溪流、夏日的绿叶和满是奇遇的森林。父亲补充道：“我到这儿来，是为了告诉你一些其他的事情。”

“嗯，是什么？”

“我只是想告诉你，我已经知道你在那些糟糕的日子里做得有多么好了。特别好，真他妈的好。”

父亲说了一句粗话，就好像他正在跟一个大人讲话似的。父亲是一个不擅长表扬的人，他总是对成绩单，还有随便乱放的东西很严格。父亲从未表扬过他，或者对他使用成人词汇。休觉得自己的脸颊变得火热，于是用自己冰冷的手去碰了碰。

“我就只想告诉你，儿子，”他摇了摇休的肩膀，“再过一年或者多少时间吧，你会比你爸爸长得更高的。”父亲很快回房了，留给休那甜蜜且不习惯的、赞扬的余味。

休站在日落的余晖西逝、慢慢变得黯淡起来的后院里——紫藤现在是深紫色。厨房的灯亮了起来，他看到母亲正在准备晚饭。他知道，有些事儿已经结束了，那些恐怖和因爱而生的愤怒，以及战栗和内疚，现在都已经离他而去。尽管他觉得自己再也不会哭了——至少在他十六岁之前吧，但在他明晃晃的泪珠中，却闪动着安全的、亮着灯的厨房的影子。现在，他不再是一个焦虑不安的孩子了，此时，他没来由地感到高兴，并且不再害怕。

随笔与散文

瞧着归家路呀，美国人

从我布鲁克林寓所的窗子里，能望见曼哈顿建筑物的空中轮廓线。摩天大楼呈现出柔和的淡紫色和黄颜色，如石笋般直冲天际。自我的窗子俯视海港，可以看到灰色的东河[①]，还有布鲁克林大桥，晚上，河面和海面上会传来寥寥的汽笛声。这海岸之地，托马斯·沃尔夫、哈特·克莱恩[②]也曾生活过。我经常靠着窗子消磨时间，向外看着那些灯火和大桥上来来往往的汽车的灯光，心里想着它们。我犯了思乡病，就像他们以前也常常思念故乡一样。

这是种古怪的情感，是我脑海之中确凿无疑的思乡情怀。这是美国人的一种民族性，对于我们而言，就跟云霄飞车或者自动唱机一样自然而然。它不是单纯的对我们出生的故乡城市或国家的怀念，这情感犹

① 东河（East River）：美国纽约州东南部的海峡，位于曼哈顿岛与长岛之间。
② 哈特·克莱恩（Hart Crane，1899—1932）：二十世纪美国诗人。

如雅努斯的面孔[①]一般：我们在对至亲挚友之间的思念与对外国和外国人的热望之间被撕扯着。经常的情况是，我们产生思乡情怀最多的地方，是那些我们从来都不曾知道的地方。

所有的人都是孤独的。但是，在我看来，有时我们美国人似乎是所有人中最孤独的。我们对外国与崭新模式的饥渴如影随形，简直就像是种国民通病。我们的文学被烙上了归属与不安感的印记，我们的作家们都是伟大的流浪者。爱伦·坡转向内心来探究其中的光怪陆离，以及属于他自己的五彩缤纷的世界；惠特曼，那位高贵的流浪者，把人生看作一条宽广开阔的大路；亨利·詹姆斯[②]抛弃了他成长的故国，去英格兰拥抱那十九世纪茶室里轻快悠闲又堕落的享乐主义；梅尔维尔驱使他的亚哈船长[③]在寻找巨大白鲸的疯狂旅途中走向自我毁灭；还有沃尔夫和克莱恩，他们寻寻觅觅了整整一生，可我不清楚他们是否知道自己终其一生寻找的究竟是什么。

这些作家，我们的代言人，他们已经死去了。虽然那港口和大桥使我本能地想到了他们，但这些日子我也想起了我的一位朋友。数周之前，我收到了他寄给我的一张明信片。

我的朋友名叫莱斯特，住在纽约南边的北卡罗来纳州。莱斯特大约二十来岁，身材瘦高而不协调，脸晒得黝黑，人很友善。作为长子，并且父亲早逝，他担负了家中不小的责任。他和母亲拥有美国一

---

① 雅努斯的面孔（Janus-faced）：雅努斯是罗马的双面神。俗语，意指口是心非，有两张面孔。

② 亨利·詹姆斯（Henry James，1843—1916）：美国作家，长期旅居欧洲。代表作《贵妇的肖像》《华盛顿广场》。

③ 美国作家麦尔维尔经典名著《白鲸》中的主角。

号高速公路上的一家小店和一个加油站，这条路从纽约一直通往迈阿密，贯通了阿巴拉契亚山脉与大西洋之间长长的海岸平原。在这条路上，有成千上万个停靠点和加油站。

莱斯特掌管油站加油泵，负责商店收银台。这个加油站在乡下，离我曾经住过的镇子大概几英里远，因此，有时候我在森林中散步时，会停下来到加油站里面去，在火炉旁边暖暖身子，再来上一杯啤酒。走出松木林，穿越冬天里灰色的野地，看到前方有亮光总是很好的。

午后时分，商店里面闲适且安静，空气里有木屑烟尘的气味，屋子里唯一的响动是座钟懒洋洋的嘀嗒摆动声。莱斯特有时会外出狩猎，然后在我喝啤酒的时候回来。他从结了霜的暮色中走来，带着那条鼻头湿湿的猎犬，他的猎袋里或许会有三两只给他妈妈在晚餐时用来油炸的鹌鹑。其他日子里，如果天气暖和的话，我就会看到莱斯利直直地坐在加油泵旁边的柳条箱上。一圈友好的苍蝇绕着他的脑袋飞舞，他在那儿等着路过的观光客停下来要他服务。

莱斯特是个伟大的旅行家，他搭了很多趟便车，见识过国内的不少地方。但是他做得最多的，还是在自己的脑海中漫游。在收银台后面的架子上，成堆叠放着《国家地理杂志》和一大摞地图册。在我刚认识莱斯特的时候，战争还远远没有开始，那时的地图也与现在不同。“巴黎，法国，”莱斯特会对我说，“那是我总有一天会去的地方。还有俄罗斯、印度，以及遥远的非洲丛林——”

莱斯特身上有种激情——一种了解世界的渴望。当谈论欧洲城市时，他睁大灰色的眼睛，目光中隐约闪烁着温驯平和的狂热。有时候当我们坐在那儿时，一辆车会开到加油泵旁边来。莱斯特对待顾客的态度因人而异：如果那司机跟他相熟，是他们这一带的人，莱斯特就不会自找麻烦、多余添事；但如果车牌显示是来自较远的地方，比如纽约或者加利福尼亚，他就会十分亲切地擦亮挡风玻璃，声音也会温柔得含混不清起来。

对于过路客人曾经去过的地方，他总有巧妙的办法从他们口中套出些相关信息来。有一次，一位曾经在巴黎待过的男人停车路过，莱斯特跟他成了朋友，迅雷不及掩耳地将他灌醉，这样，这位客人就不得不留在镇子里过夜了。

莱斯特并不常说那些他曾经真正去过的地方，但是他非常了解美国。好几年前，他去参加了美国地方资源养护队，被派遣到了俄勒冈州的密林之中。他穿过中西部的大草原，看到了夏日阳光下黄褐色的麦田，越过落基山脉，俯瞰了波澜壮阔的太平洋。

在结束了俄勒冈的一年露营之后，他跟圣地亚哥的一个叔叔一起待了一阵子。在回家的路上，他再一次搭了便车，走了条曲曲折折的路线，到亚利桑那、得克萨斯以及密西西比三角洲绕了一圈。他见识过南乔治亚州成熟时的蜜桃，发现了查尔斯顿城的慵懒的壮丽。在烟草收割之季，他及时回到了北卡罗来纳，这时已是离家两年之后了。

但是，关于这一次的放浪冒险，莱斯特却没有多说。他的憧憬热望从来不在家乡，或者说是从来不在他看过、了解过、成为他自己生命一部分的那些地方。他总是渴望着去国外，向往着难以企及的遥远国度。与此同时，待在这乡下地方使他感到愁苦万分，人站在加油泵旁边，想的却都是遥远地方的事儿。

战争开始时，莱斯特并不像我想象的那样太关心欧洲发生的事。他确信战争不会长过数个月，因为希特勒的汽油很快就会用光。而后，我在第二年春天离开了那地方，直到今年秋天收到他寄来的明信片之前，我没有听到关于他的任何消息。他在明信片中提到了烟草收割，还说他的猎犬得了癞疥病。他最后写道："看看，我想去的那些地方都发生了什么呀！这场战争毫无疑问做成了一件事——它没留下任何地方让你犯思乡病。"

这家小店还有那个汽油泵孤零零地待在美国一号高速公路上，看起来似乎离曼哈顿的海港颇远，在战争爆发之前，莱斯特这个自由自在的年轻人好像跟我们这一时代的诗人——比如沃尔夫、哈特·克莱恩——也没有太多相似之处，然而他们的热望、他们的不安定、他们对未知事物的渴求都是一致的。

世上有成千上万个莱斯特，但是诗人却很稀少，并且这些诗人是他们所处时代和地域的精神集合体。这些诗人的世界，我们所有生活于此的人们，都被这场大灾难从今日世界中残忍地隔绝开来了。边境之域——无论是那片土地还是精神——都向他们敞开，而从此便对我们关闭了。此刻，美国已被隔绝，以我们之前从未预想过的方式。

今年，曼哈顿的港口很安静。沃尔夫和哈特·克莱恩不再在这些临海的街道上散步了——沃尔夫因为琢磨不透的热望发了狂；哈特·克莱恩为了无名之地害了病，被整个毁掉了，燃尽在酒精里。这港口，是的，现在更安静了，那些从国外来的巨大的轮船，不再常来靠港。从我窗子里看到的大部分船舶都是小型的，不会去远离海滨的地方。在秋日下午的晚些时候，柔软的薄雾给曼哈顿建筑物的空中轮廓蒙上了一层细纱，这场景让人感到分外悲凉。并且，毫无疑问的是，遥对着大西洋与远处正在抽搐痉挛的整个世界，曼哈顿建筑物的空中轮廓不仅让人感到悲凉，还让人感到莫名其妙的绝望。

因此，我们必须向内审视。这种非凡的情感，这种思乡病，已然重要到作为我们国民属性的一部分，应该被转换到好的方面。我们的探求者所找到过的，也即我们必须要找寻的。并且，这是一项具有创造性的伟大任务。美国很年轻，但是它不会一直年轻。像是一个青春期的孩子一样，他必须和他那决裂了的家庭分别，美国现在感觉到了转变的震惊感。不过，倘使一切进展顺利，一个崭新又平静的成熟期将会到来。我们必须起草一份新的独立宣言——这次应是一份更趋向于精神层面而非政治层面的。再没有别的值得犯思乡病的地方了，我们现在必须要对我们亲近熟悉的大地报以思乡情怀，这块土地，它值得我们怀旧。

为了自由的夜巡

在这个夜晚——旧年最后的夜晚，新年第一个黎明，聆听者们遍布整个地球。大笨钟会在午夜时鸣响。但也许在上一个钟头，那钟楼本身已经受到损伤，或者被整个毁掉了。然而即使这样，人们仍将听见大笨钟的钟鸣，因为那儿正有人在专注地聆听，不是凭借耳朵的一种聆听。那种聆听会使血液暂停流动，会让人静候等待，而心脏本身此时也会全然缄默。

英格兰会在黑暗之中听到大笨钟的响声。或许在钟声响起的那个小时里，会有爆炸的咆哮声，以及轰炸机致命的喃喃低语，又或许那会是静籁无声的一夜。无论是哪种情况，钟声都会在我们心灵的耳朵中响起。以下这些人将会出现在聆听者名单之中：目不转睛地守望着漆黑海峡的哨兵；空袭庇护所中的市民；伦敦地铁隧道与站台上蜷缩着的无家可归者；还有路旁酒吧里的农民们。听见钟声的有医院病房里的伤病员和彻夜不眠的人们；有那个在某处仰着脸的、受了惊吓的孩子；有在飞机场执勤的粗犷的、红色脸庞的士兵，他会对着双手呵暖气，在结冻的硬地上踏脚，在午夜时分静静地站那么一会儿。这些人，在那个时候，将会听到钟声，那钟声会在那黑暗岛屿上的城市和全部的乡间回响。

那些回响共鸣不会停止。不是所有的地方此刻都在午夜时分，然而在那一时刻，十二声缓慢的鸣响像是贯穿了世界上的一切时空。在被打败的国家，大笨钟将会带来希望，会给那许多灵魂带来反抗的狂热悸动。并且，如果轴心国的人们也被允许去听这一鸣响的话，谁知道他们将会有什么样的感受和疑惑呢？

在这新年时分，我们在美国的人也将是聆听者。大笨钟的声音将响遍所有的州。自俄勒冈到乔治亚，在那些舒适地品尝着盛在银杯中的煮鸡蛋的家庭里，在穷人家糟糕透了的公寓房间里，都将会听见英格兰的新年钟声。远在南方的话，则会是在夜间的早些时候了。祥和的橙色烟火会在厨房的墙面上闪烁，碗橱里会有肥肥的公猪肉和豇豆给新的一年带来好运。太平洋上旭日仍在闪耀。在北方的屋舍中，伴着户外冰雪蓝色的辉光，聚在一起的家人们会为那时刻而守候。

在这个晚上，雾中伦敦也许是灰暗的，也许清朗的月光会在冬夜寒空中投下钟楼的轮廓。然而当钟声响起时，它将会是战斗着的不列颠的心跳，必定带着严峻、深沉的回声。没错，大笨钟今年新年将会再次响起，而聆听者们将遍布整个地球。

吾邻，布鲁克林

布鲁克林，以一种体面的方式来说，是个不可思议之地。我现今居住着的街道，拥有着似乎属于十九世纪的、安静和敏感的恒久性。这条街很短，其中一端有舒适的老房子，这些房子围着雅致的外墙，后院令人身心愉快。在相邻的街区里，街道变得更加多元化，因为那儿有一个消防站，一间女子修道院，还有一家小小的糖果工厂。街道两旁长着枫树，秋天来临时，孩子们用耙子扫拢树叶，在道沟里燃起篝火。

在纽约市，如果你发觉自己真正居住在左邻右舍之中，那将是件稀奇事儿。我从隔壁的男人那儿买煤，并且对住在我屋子右侧的老妇感到强烈的好奇。她热衷于将迷了路的、饿坏了的流浪狗领回家里，除了一打这种狗之外，她还养了一只绿色的、狡猾的小猴子当作自己的宠物和首席伙伴。听人说她非常富有，又十分吝啬。拐角那家药店的老板告诉我，她曾经因为在一次小骚乱中损毁了一家沙龙的窗户而进过监房。

“直角三角形斜边长度的平方，等于——”

晚上走进街角那家药店里时，可以听到一种令人绝望的声音，在重复着如是这般的一些定理。晚餐过后，药剂师帕克先生就坐在柜台后面，为他女儿的家庭作业而艰苦奋斗——看来他女儿在学校里学得不怎么样。帕克先生拥有这家店已经三十年了，他脸色苍白，瞳色淡灰，经常把软软黄黄的小胡子都捻湿了，再梳齐理顺。他长得真像是一只猫。当我称体重时，他就偷偷摸摸踱到我的旁边，在我调整磅秤的刻度时，他的目光越过我的肩膀偷看。我称完体重后，他总是很快地偷偷瞟上一眼，不过，他从来不会做任何评论，不会以任何方式指出他觉得我是否太轻或者太重了。

除此以外，在每一件其他事情上，帕克先生都很健谈。他一直住在布鲁克林，他的脑袋瓜就是个装着各种稀奇古怪琐碎事儿的麻布袋子。比方说吧，在离我们这儿不远的地方，有一条窄巷叫“爱之巷”。“这小巷是由这名字而来，”他告诉我，“因为，在一个多世纪以前，两个叫德贝弗斯的单身汉跟他们的侄女一起住在街角的屋子里，她是那样美丽，以至于她的仰慕者们半夜还在小巷里晃荡，守着篱笆给她写情书。”他说这对老叔叔是全纽约市最早在后院里种了草莓拿去卖的。想想这一家人，就是件挺惬意的事儿——客厅的彩窗玻璃在烛光摇曳下辉映着五颜六色的光彩，两位老绅士为一场棋局正费尽思量，而那年轻的侄女则端坐在踏脚木凳上，吃着草莓和冰淇淋。

“斜边长度的平方——”当你离开药店时，帕克先生的声音就会从之前停下来的地方继续响起，他的女儿会坐在那里，悲伤地嚼着她的口香糖。

将我所知道的布鲁克林与曼哈顿做比较，就好比将一位安逸又闲适的乳娘与比她聪明得多又神经过敏的妹妹进行对比一样。此处的事与物都运转得比别处要慢许多（在绝大部分主干道上，汽车仍旧在吱吱嘎嘎地慢慢行进），此处有一种恪守传统的感觉。

布鲁克林的历史并不如它表现出来的令人倍感敬意的品质一般激动人心。在上世纪中叶，很多抱持自由主义观点的知识分子居住在此，布鲁克林同时也是废奴主义运动的温床。沃尔特·惠特曼在《布鲁克林每日鹰报》工作，直到他那篇反奴隶制社论葬送了他的这份职业。亨利·瓦得·毕奇尔[①]曾在老普利茅斯教堂里不厌其烦地规劝世人。塔列朗[②]于流亡北美之际，曾居住在富尔顿大街上，每日在榆树林荫道下谨慎地散步。惠蒂尔[③]则常常待在老胡柏[④]的家里。

我到这里来后，认识的第一个布鲁克林本地人是在我屋子里做了些活儿的电工。他是个活泼年轻的意大利裔，有张热情机灵的脸，懂得在干活儿时用一种听起来很舒服陶醉的方式哼唱歌剧咏叹调。在我来的第三天，他为我工作时带来一瓶家酿的、晶晶亮的葡萄酒，因为他的第一个孩子，一个男孩，前一天晚上刚刚降生。酒是酸酿，饮起来很爽口，酒至半酣，电工邀请我去参加一周之后在布鲁克林另一侧

---

① 亨利·瓦得·毕奇尔（Henry Ward Beecher，1813—1887）：美国基督教公理会自由派牧师，作家。

② 夏尔·莫里斯·德·塔列朗-佩里戈尔尔（Charles Maurice de Talleyrand-Périgord，1754—1838）：法国资产阶级革命时期著名外交家，为法国资本主义革命的巩固作出了极大贡献。1794 年被英国驱逐出境后流亡美国。

③ 约翰·格林里夫·惠蒂尔（John Greenleaf Whittier，1807—1892）：美国诗人。他最著名的诗包括《赤脚的男孩》《笆笆拉》和《雪界：一首冬季田园诗》。

④ 老胡柏：指美国女诗人、废奴主义者露西·胡柏（Lucy Hooper，1816—1841）的父亲。

他家里举办的小晚宴——就在羊头湾那边。聚会真算是千载难逢，那位六十年前从意大利过来的老祖父也在这儿。晚上，这位老人在海湾里钓鳗鱼，天气好的时候，他会整天躺在后院里的一架推车里晒太阳。他长着一张富有魅力的、仿佛萨堤尔[1]一般的脸，他抱着初生婴儿时那副漫不经心的样子，就好像他每天都要抱着很多婴儿走来走去似的。

“他长得非常难看，这个小东西，”他不停说着，“但毫无疑问，他将会很聪明伶俐。聪明伶俐，以及——非常难看。”

聚会的食物相当丰盛，健康的意大利美食——菠萝伏洛干酪、萨拉米香肠和酥皮点心，更多的是红酒。整个晚上，亲戚和邻居们如流水般在屋子内外穿梭不停。这个家族在靠近海湾的同一所房子里住了足足三代，祖父有很多年没有离开过布鲁克林了。

布鲁克林的这片区域一直都有海的感觉。在海边的街道上，空气里有新鲜的、粗犷的气味，天上飞着很多海鸥。我所知道的最为华美的街道之一，自布鲁克林大桥与海军船坞之间伸展开来。在凌晨三点，当城市的其余部分变得寂静黑暗时，你突然来到一个小小区域，会发现这里充满了活力，差不多跟乡村集市一样热闹。这儿是沙街，是靠港的水手们打发夜晚时光的地方。在夜晚的任何时间，沙街都有惹人兴奋的事儿发生。脸上晒得黝黑的水手们在人行道上搂着女孩招摇过市。酒吧里面人山人海，载歌载舞，没有勾兑的烈酒价格低廉。

---

① 萨堤尔（Satyr）：古希腊神话中半人半羊的森林之神。

* * *

这些沙街的酒吧也有它们自己独特的传统。你在那里找到的有些女人，是这条街上充满活力的、贵族家的老寡妇，有着诸如“女公爵”或者“玛丽号潜艇”这样的花名。“玛丽号潜艇”的每一颗牙齿都是用黄金打造的，她的微笑于是看来富贵又满足。她和其余这些老客人都受到极大的尊敬。她们有一张固定的水手伙伴名单，从布宜诺斯艾利斯到桑给巴尔岛的水手都认识她们。她们也意识到自己的名望，不会费尽心思像年轻些的女孩子们那样去跳舞或者调情，而是舒服地坐在屋子正中织着毛衣，同时对周围发生的一切保持着敏锐观察的眼神。在某一间酒吧里，有一个小个头驼子，每晚都得意扬扬、大摇大摆地来，人人都对他宠爱有加，招待他免费的酒水，酒吧主人都好像把他当作吉祥物似的。在水手之间流传着这样一种说法——当他们将要死去的时候，他们希望能去沙街。

切割开布鲁克林商业与金融中心的是富尔顿大街。这条街上可以找到成打的旧货店和古玩店，对于喜欢二手物品和传世古物的人而言，这里可算是相当激动人心的。我在这些地方买了我大部分的家具，到了这里几乎有宾至如归的感觉。如果你知道自己想要的是什么，那么这儿可算是淘物的天堂了，很多东西价廉物美——老式的带雕塑的餐具柜，考究的穿衣镜，漂亮的餐桌转盘，以及许许多多只要付其他地方一半价钱就能买到的奇怪东西。这些商店有一种冷清的、没有生气的氛围，店主全是些不能信任的家伙。

帮我搞到大部分东西的那位女士名叫凯特小姐。她黑瘦，忧郁，非常畏寒。当你走进那家旧货店，很可能会发现她正撑在后屋里一方小煤炉子上面烤火。她每晚都躺在一张维多利亚式绿色天鹅绒长椅上，身披波斯毯睡觉。她的脸蛋是我所能记住的最美丽和最肮脏的之一。

凯特小姐的对街有一家竞争者，她常常跟对家店主在价钱上激烈争吵。即使如此，她仍一直将他归为“一位高贵的人”①，曾经有一次，当他因为经营失败，没钱付租金而将被赶出店时，凯特小姐为他提供了现金。

“凯特小姐是个好女人，”那位竞争者对我说，“但她就是不喜欢给自己洗澡。她每年只沐浴一次，那是在夏天的时候。我觉得她大概是布鲁克林最脏的女人了。”他说这些的时候，语调里丝毫不带有嘲讽之意，倒不如说有不少莫可名状的得意。这是我最喜欢的、关于布鲁克林的事儿之一。每个人都不希望跟别人完全相像。

① 原文为德语“Ein Edler Mensch”。

我们打了条幅——我们也是和平主义者

现在是一九四一年夏季，我正在帮一位朋友收拾行李。我的朋友名叫麦克，住在我那间屋子隔着大厅正对面的一个房间里。在下午的晚些时候，如果天气良好，城市上方的天空浅灰泛蓝，我们就常常在屋顶相见。

麦克会靠着一根烟囱坐，常常带着本书，因为在办公时间结束后，他会去纽约大学上夜校课。苏加几乎总会跟他一起，待在楼顶，它的脑袋枕在他的一侧膝盖上。苏加是一条很小、很聪明的犬，常常过分强调待人的礼节。此刻，当我们正收拾行李时，苏加坐在房间角落里，间或哀鸣一声，微微打着颤，因为它知道，某些它并不明白的事情正在发生。我们收拾东西，是因为麦克申请做志愿兵，并且被顺利录取了，他就要去参加战斗。

房间处于极度混乱之中——地板上有书，衣服，还有留声机唱片。散落四方的旧报纸上，有那些彩色的、黑白的、关于毁灭的头条，以及那些关于废墟的题注。麦克很快地清理着他的所有物，对物品的去留毫不犹豫。很多东西都必须留下来。

麦克二十三岁，个子矮小结实，红色头发。他有张长满雀斑的脸，现在的表情相当阴沉，愁眉不展，因为刚刚拔掉了一颗智齿，正不由自主地用舌头舔舐着嘴里那个疼痛的空洞。在我们用盛着细刨花的板条箱装唱片，拿钉子钉住那些装书的箱子时，心里都在为离别和由此带来的巨大变化而焦灼着。

我们大声说出来的很少一些话语，不过是心中所思所想的残片。我们的冥想，大概也是顺着如此的轨迹。我们的背景相似，在既不富裕也不贫困的家庭中，我们拥有众所周知的有生活保障的童年，享有正规教育，并被允许去探求及肯定我们自身内在的精神价值。简而言之，我们作为美国人而成长起来。我们有很多事情去思索，很多事情去记忆，也有不少的遗憾。

"不过，这为什么花了我这么长时间呢？嗯？"麦克说，"守在收音机前面，谈天，谈天。无所事事。为什么？回答我这个问题。"

苏加顺着他的声音望过来。麦克养了它六年了。他在家吃饭时，它就正对着他的餐桌坐着，也吃着他所吃的东西——早餐鸡蛋、胡萝卜，任何东西。每当他给它一些特别美味时，他就将那好吃的凑近它的鼻子，而它会用一种很漂亮的方式伸出它的右爪，那姿势介乎向主人乞要与向仆人祝福之间。

但是，麦克现在完全不在意苏加了。

"事情是这样的，"他说，"一种美德之为美德，只有在它确实带来了良好事情的情况下才成立。一旦它被作为一种弱点、一种为邪恶开道的工具而受人利用时……”

麦克把一件运动衫揉成团，扔到角落里的一堆衣服上。“你知道我是什么意思。”

我确实知道他是什么意思。我们都是和平主义者。在我们的青春期以及我们的青年时代，我们对将要打仗根本就没有概念。战争是邪恶的。上一次世界大战在我们的记忆中根本就未曾存在过，但是我们却听说和阅读过关于它的一切。我们童年时代的英雄不是战士，而是伟大的冒险家。

譬如伯德[①]，譬如林德伯格[②]——我觉得他棒极了，并且给他写了一封长信，告诉他，他棒极了。但那是在一九二七年，恍若隔世。

而后就是高中。我的高中跟美国千百所高中毫无区别。每个星期四，我们学习一门叫“当今时事”的课程。我的老师斗志昂扬、热情洋溢地向我们灌输战争的恐怖之处。她其实大可不必那么担忧，因为我们天生有着和平主义者的观点。

相比她在班上讲过的东西，我倒更记得这位老师的各种肢体语言与怪癖——在阐明重点时，她用一支铅笔敲自己的头顶；在被激怒时，她取下眼镜，用手指着自己的眼球，嘴里不停地“啧啧！啧啧！啧啧”。当她这副样子出现时，总是引起咯咯笑声，这时她就会把眼镜戴回去，然后面带愤恨地环顾四周。

---

① 指理查德·伊夫林·伯德（Byrd，Richard Evelyn），美国海军少将，二十世纪航空先驱者，极地探险家。

② 指查尔斯·林德伯格（Charles Lindbergh），飞行史上首位驾飞机飞越大西洋的人物。

一场裁军会议——国际联盟[①]。德意志帝国新成立了一个政党，由一个叫作希特勒的人领导。所有这些都没太多意义。每个人都知道，绝不可能再有另一场战争了。哪个国家还会再挑起那样一件事情呢？即使未来这件事情发生的话，为什么将会在欧洲？一张张美国人的脸庞，绝不会再在欧洲的泥塘子里面腐烂。

“他们说了实话。他们是对的。”麦克说道，我抬头看着他。他仍旧在给书籍打包，在这些书中有《K连》[②]《永别了，武器》《战争之路》以及《巨大的房间》[③]。在我们的青春期中，一切关于过去战争的痛苦与毁灭的制高点，最终都已被表达。这些书对我们的影响不能被夸大。麦克按照书的大小将它们分门别类，堆积起来。

“他们是正确的，但只在他们的时代。他们不会意识到有些东西甚至比战争更加糟糕。你知道的，对吗？”

“是的。”我回答道。

现在书被装到箱子里了，麦克也停下来歇口气。他走到药品柜那儿，张大他的嘴，在烂掉的牙龈上涂抹碘酒。然后他在一只还没打好包的箱子上坐下，双拳支撑住额头，他的脸色潮红，不停地出汗。

“听着！”麦克突然说，“你还记得一九三五年五月吗？你是否能想起那么久以前发生的事？”

苏加抬头看他，他没有给它什么回应，它深深地叹了口气，肋骨

---

① 国际联盟（The League of Nations）是人类历史上第一个普遍性和一般性的国际组织，它于1920年正式宣告成立，1946年宣布解散，一共存在大约二十七年时间。

② 指威廉姆·马奇（William March）的作品《K连》，这是一部具有前瞻性的战争小说。

③ 指爱德华·史斯特林·卡明斯（Edward Estlin Cummings）1922年的小说作品。

都突了出来，然后低下头来，枕在爪子上。

“那年五一节时是我在大学的第一年，我还是一个学生俱乐部的成员。我们在阅兵场内游行，我当时举着一方巨大的标语，上面写着：‘反对战争和法西斯’。一切事情非黑即白。战争是邪恶的，法西斯是邪恶的——它们之间可以画上等号。我们从来都没有料想到，我们将不得不在它们之间做出选择。”

“那一年，他们也在德国举行了游行，”我很快地应道，“但是他们游行的标语没得选。”

“是呀，”麦克说，“他们同时也在游行。”

麦克开始叠他那套不错的西装，以便放进旅行袋里。“是西班牙，”他说，“是西班牙使我们中的绝大部分人醒过来的。”

“那是第一回合，我们输掉了第一回合。在那之后，我们被迫陷入了怀柔政策，时间太长，以至于我们中的大部分人都放弃了。我们并没有造成这场战争，为什么不得不陷到这场战争中去呢？我为什么要问你？让我们就在这儿这么坐下来，喝着潘趣酒，看看会发生些什么。或许地球那一边的野蛮兽类压根就不会注意到，我们也进到这个擂台上来了。”

他刚刚说的话里多少有些真相。过去的这一年有种怪异的、摇摆不定的特征。闪电战[①]——欧洲的溃败——收音机中的葬礼进行曲，预示着每一场新的陷落——残骸的前身，曾经是所谓的“民主政治”。我们身在美国，不能一下子领会到其中的全部奥妙。我们时刻准备

① 原文为德语词“Blitzkreig”，正确德语拼写应为“Blitzkrieg”。此拼写法是因为德语与英语发音不同造成。

着，准备为民主政治的改善而战，而为民主政治而战则意味着它本身不再是一场卑劣的战争了。

我们从来都不知道，我们将不得不开足火力指向外界，以此来逃脱完全的毁灭。我们曾经士气低落。与我们的内心达成妥协，并将我们的传统调整到必要性上，以便作为一个立场分明的国家来推进行动，这花了我们很多、太多的时间。我们不得不去重新验证我们的理想，将很多东西抛诸脑后。我们不得不去面对一场道德危机，对于它我们并未准备充分。不过，在最后，我们终于得出了结论，并且准备好要行动了。我们挺过来了。

民主政治——知识分子化与道德的自由，能随意去选取对于我们而言具有最大生产力的工作和生活方式，去建立我们自己独立精神价值的权力，那就是“美国理想”的呼吸。我们美国人会为保护它而奋战。我们已攥紧了巨拳，在获得胜利之前，决不会再松开了。

“感谢上帝，算是结束了。”麦克说道。

他指的大约是过去的犹疑不决，或者是整理行李这件事。我们结束了。纸箱和手提箱堆放在落满灰尘的地方，这房间现在有一种悲伤、荒芜的氛围。麦克到楼下去拿啤酒了，当他上来以后，我们关上屋门，爬到了楼顶上。这是安静、暖和的黄昏时分，湿衣服挂在一条晾衣绳上，鸽子们在护栏上昂首阔步。我们坐下来休息，背靠着烟囱。

麦克开了啤酒。因为温度较高的缘故，啤酒泡沫从瓶颈那儿喷出来，溢到了他的手上和胳膊上。他将胳膊递向苏加，它立刻十分优雅地将那些溢出来的东西舔舐得干干净净。显然，那味道令它满意，它很慢很慢地抬起了右爪，向麦克乞要更多。他把苏加拉到膝盖之间坐下，从后面搔它的耳朵。明天，苏加就会被送上火车，送到麦克在特拉华州的兄弟那儿去。

我们沉默了很长一段时间。当麦克再说话时，他的声音克制而又平和。

"他们说我们清楚正在对抗的是什么，但是我们并没有弄清楚自己在为什么而战斗。他们想要我们停下来，去组织些口号。这就像是去问一个喉咙哽咽、有着窒息危险的人为什么要挣扎一样。而那个人并没有对自己说要挣扎，只是因为在呼吸受阻的紧要关头，他没办法弄到空气罢了。他并没有提醒自己空气中含有氧气，没有提醒在氧化过程中身体能获得供应自身功能运转的能量。他没有静静地躺在那儿，没有告诉自己说有足够的三分钟时间，没有在这三分钟里找出他意欲对抗压住他的人以便重获呼吸权力的诸多原因。一个身处那样险境的人，自然而然地要去抗争。为了解放，为了空气，为了生命，他用身体里每一盎司的力量来挣扎，在所有知觉感觉的踪迹从他身上离去之前，或者在他再一次被允许呼吸之前，他都不会停止抗争。"

暮色降临。一架飞机从逐渐暗下来的天际线上划过。麦克没有再多说什么——不需要再多说什么了。明天，他就将在军队里了。

麦克，成千上万与他一样的其他人，并没有以狂喜的、徒有其表的荣耀感来面对我们眼前的挣扎。他很清楚，挣扎将会使他这一代的人们付出自我否定和痛苦折磨的代价。然而，他已经完成提问的阶段了——以怀疑作为结束。

低下我们的头

一九四五年的十一月的感恩节，在这一天，那些惯有的、对上帝的感谢被放到一旁，我们低下了头。这感谢的日子是个全民节日，我们的国家从未被如此深深地感谢过，同时我们也从未对神的劝解如此渴望。在经年累月的普遍痛苦与荒芜之后，战争结束了。今天，我们为和平而欢庆。不过，在我们的欢庆之中，有着一种庄严，一种缺失感，以及与道德良心联合起来时那种极端使人生畏的力量。在一个满目疮痍的世界里，在这个遍布了苦难与莫名需求的星球上，我们的国家是极少数躲过了这场战争所带来的物质毁灭的纯白无瑕的国家之一。在这个我们低下头来的日子里，对于那些不可胜数的受苦受难的国家，这尊重专属于它们。

感恩节，本质上来说是个家庭节日。十一月里的这个星期四，在这一天里，各自飘零的家庭成员聚到一起来共享盛宴，并为彼此祈祷。这个节日在丰收季节的尾声到来，那时，光洁饱满的麦穗颗粒归仓，地球上种类繁多的水果也尽皆成熟。在那土地休眠的冬季来临之前，这是一个金黄色的收获季节。然而，尽管我们的大地并未受到战争破坏的滋扰，我们却都知道一种更加险恶的毁坏。过去的一些感恩节，是以“缺失”来标记的。我们的丈夫、兄弟，我们爱着的这位那位，在家族聚集的时候不在这里，这个国家的主力远在异国他乡。因此，我们的宴会无论如何也难逃惨淡凄凉。那些曾经缺席的人们中的大部分，今天也不会在自己的家乡，他们将在不熟悉的气候下，在遥远的异国庆祝另一个感恩节。也还有另一些人，正在漂洋过海返回家乡的途中。但是对于我们大多数人而言，和平已然恢复到了“安宁”的程度。那些被撕裂开来的神经会变得平静些了，那人人心悬一线的苦恼已经放松下来，或者已经就此解除。在战争这一最巨大的灾难时刻，人类发现个人的幸福是如此转瞬即逝、不可捉摸，我们每个人获得的人生规划是多么的脆弱不堪、难于把握。因为战争与机会是密不可分的。冒险的冲动此刻已平复，在这用以感谢的一天，我们大多数家庭已经可以从焦虑与惊恐之中解脱出来。很多人都很幸运，能把我们的战士留在家中的自己身旁，来为我们的祈祷牵头。因为，我们的战士不管是在家中还是在远方，都忍受了可怕的战争，承担了战场上的恐怖与苦难，这样才使得和平成为可能。我们的头低下了。

今天，没有哪个家庭不会为我们中那些承担了沉痛损失的人表现出悲恸之心。我们有人在医院里，这些人中的大部分可以从科学中得到帮助——科学在平等地为黑暗与光明服务——他们将被治愈，很快就能回到我们身边。但还有另一些人将不再会四肢健全了，他们手脚残缺，双目失明，永久残疾。对于那些遭受如此折磨的人，我们仅仅能够承诺，我们对于所谓罪孽的坦诚将会坚持下来，贯穿我们这一代人的整个生命。战俘们已经回家，或者很快就将与亲人团聚，我们为那些遭受了敌人故意伤害的人祈祷，希望他们能够在我们的爱意和细心照料之下，很快克服精神冲击与身体虚弱，重新恢复到健康平和的状态。还有一些被爱着的人们，他们再也不能参加到我们的祈祷中来了，他们做出了人生中默默无语的最后牺牲。对于死者家属，现在只有对一首诗文的细腻理解可以值得信赖：

整个世界正活在战争之外，

而我仍旧无法找到任何安宁。

我们沉浸在无声的祈祷之中，祈祷那些遭受了无比创伤的人们能够找到抵抗持续绝望的力量，并且还将穿过忍耐和悲伤，成功到达安宁平和之境。为着哀悼，今天，我们的头低下了。

这是全国的节日，而我们是一个值得骄傲的国家。我们幅员辽阔，困难不少，气候多样，以另一种方式来说，我们的国家是丰富多彩的。在盲从和无理由的排外当中，我们没有变得强大。我们之所以逐渐强大，不是通过偏见和孤立，而是通过很多国家的人民，还有多个民族紧密团结时所展现出的聪明才智。我们的骄傲，不是狭隘的、缺乏信任的无力又不牢靠的骄傲。这是一个宽宏大度的国家的骄傲，因为它能够吸纳人类天生具有的种种天赋。并且，我们祈祷，我们的骄傲能够自偏见中解放出来，成为伟大的和强有力的骄傲。为了这个，我们的头低下了。

在一九四五年的感恩节，我们祈求一种少有的智慧。刚刚过去的战争遗留下来的最后的武器清楚明白地告诉我们，如果和平不能被维持，人类的未来便会风雨飘摇，仿佛在一切的历史中都不曾存在一样。这场已成过去的战争，给整块大陆留下饥荒，留下怅然若失的感受。我们祈祷，作为一个国家，我们将会拥有那种智慧，去公平慷慨地使用我们的力量，去跟其他国家合作，以确保长久持续的秩序与稳定。我们以对责任的严肃认知，为心灵之纯净、道德之伟力而祈祷。人类的灵魂，不得逾越无道德审判的思维界限。我们为心灵的智慧进行最大的祝福。在今日，我们谦卑地低下了头。阿门！

圣诞之家

八月里炙烤炎热的下午，闲极无聊，弟弟、妹妹和我会聚在后院大橡树的稠密阴影之下，聊着圣诞节，唱着圣诞颂歌。有次进行完这样的秘密聚会之后，圣诞颂歌的余音仍在热浪蒸腾的空气中回响，记得那时候我爬到了树上小屋里，独自坐在那儿，坐了很长时间。

弟弟对我喊着："你在干吗呢？"

"想事情。"我回答道。

"你在想什么事情？"

"我不知道。"

"好吧，既然你现在不知道自己在想什么，怎么会是在想事情呢？"

我不想跟弟弟说话了。我正在经历对时间那无尽神秘的初次惊奇。我在这儿，在这个八月的下午，在树上小屋里面，在这个被炙烤着的、让人感到厌烦的后院里，对于这个夏季里的一切都感到难受和疲惫。

（我第二次读了《小妇人》，以及《汉斯·布林克尔和银冰鞋》《小男人》，还有《海底两万里》。我读电影杂志，甚至尝试去读《妇女家庭良友》杂志上的爱情故事——我对一切都求知若渴。）我是我，此刻是此刻，而四个月后将会是圣诞节，冬日时光，寒冷的天气，圣诞树上微暗与灿烂的灯火——这一切都怎么成其为可能呢？我为"此时"和"以后"感到迷惑不解，使劲摩擦我的手肘内侧，直到食指和拇指之间搓出了一个小小的皮垢泥团为止。在八月下午"此时"的树上小屋里的这个我，与在冬天的烟火和圣诞树旁的那个"我"，会是相同的吗？我极度好奇。

弟弟重复道："你说你在想事情，但是不知道自己在想些什么。你到底在上面做些什么呢？搞到了一些秘密糖果吗？"

九月来临，妈妈打开了香柏木箱子，我们开始试穿冬衣，还有去年的毛衣，看看它们是否还穿得合身。她把我们三个带到闹市区，给我们买新鞋子，还有新校服。

九月的一个星期天——圣诞节更近些了——这天爸爸用车载上我们，开到满是尘土的乡间路旁，去摘接骨木[1]的花蕾。爸爸用接骨木花来酿酒——这是一种浅黄色的酒，颜色就像冬日里没精打采的太阳。酒会向着倾斜的那面蒸腾掉——千真万确，放一些年，它就会变成醋了。当朋友们来时，这酒会在圣诞期间跟切成薄片的水果蛋糕一起供大家享用。在十一月的星期天，我们带着一大筐炸鸡、保温瓶和咖啡壶到森林里。我们在离小镇很近的松树林里猎松鸡，摘浆果。这

① 接骨木：薄叶灌木或小乔木，可入药。

些猩红色的浆果隐蔽地生长在棕褐色的、带着光泽的松针下，那些松针在高高的、迎风沙沙歌唱的树下铺得像毯子似的。亮晶晶的浆果是一种圣诞装饰，放在水里，整个季节都可以保持光亮。

十二月，闹市区的橱窗里摆满了玩具，弟弟妹妹和我每人都得到两美元，各自去买圣诞礼物。我们去了十美分店，在抓子游戏[①]、铅笔盒、水彩颜料以及缎子做的手帕收纳袋中选择。我们每个人都会在糖果柜台买一块价值五美分的牛奶巧克力，这样可以在柜台间走来走去难以做出选择的时候把它含在嘴里。这是场苛刻的一锤子买卖——耗掉了几个下午的时间——因为那个十美分店既不能退也不能换。

母亲做了水果蛋糕，在早几个礼拜之前，全家人就将山核桃肉给挑出来了。当心山核桃带苦味的那一层——它会给你嘴巴里镶上一层令人感到不快的毛刺。最后，我被批准去用开水烫杏仁，将烫掉皮的坚果收聚起来，我弄得它们有时候蹦到天花板上，有时候又一跳一跳地弹过房间。妈妈将柠檬切成片，做了菠萝、无花果、大枣的蜜饯，每一样上都搭配了糖霜樱桃。我们裁剪了圆形的褐色烤纸，用来垫锅。通常而言，蛋糕有各种口味，在我们去上学的时候会被放进烤箱里。下午的晚些时候，蛋糕就会烤好，用白色的纸巾包起，放在早餐室的桌子上，稍后会用白兰地把它们浸一会儿。这些水果蛋糕在我们的镇子里大受欢迎，妈妈经常把它们当作圣诞礼物来送人。当大伙儿来的时候，切了块的水果蛋糕、酒和咖啡总是已经准备妥当。在你拿

① 抓子游戏（jackstones）：一种有数百年历史的儿童游戏。作为专有玩具，一套游戏用具中含有若干直角坐标轴状的塑料“抓子”，以供儿童抛出后抓取并游戏。该游戏有各种不同玩法。

着一片水果蛋糕站在窗边，或者迎着火光时，那片水果蛋糕将是半透明的、淡雅的柠檬绿，还有黄，还有红，如我们那儿的教堂彩窗般绚烂夺目。

爸爸是个钟表匠，在整个圣诞周里，他的店都还一直开到午夜。我作为最年长的孩子，被允许跟妈妈一道熬夜，等着爸爸回家。“当家的男人”不在，妈妈总是会感到紧张不安。（在很少有的情况下，爸爸必须在亚特兰大整夜工作时，孩子们就用锤子、锯子和扳手武装自己。紧紧围绕在宣称害怕“逃犯和神经兮兮家伙们”的、担惊受怕的母亲周围。我从未见过一个逃犯，不过，曾经有一次，一位“神经兮兮”的人曾经过来拜访我们。她是位很老很老的女士，穿着高雅的黑色塔夫绸衣服，她是母亲的隔代远房表姑，在一个安静的礼拜天早上过来，宣称她一直喜欢我们的房子，打算要跟我们一起生活，一直到她死去为止。当她坐在我们家门廊的安乐椅上摇晃时，她的儿子和女儿还有孙子们聚在一起来恳求她——在他们许诺带她兜风，并且给她买冰淇淋之后，她很不情愿地离开了。）在圣诞周的这些夜晚里，从来都没有发生过任何事，不过，在信任和尊重下，我却突然觉得自己成长了，长大了。妈妈暗中向我透露，比我小的孩子们都会从圣诞老人那儿得到什么。我知道圣诞老人的东西藏在哪儿，并且被指派去照管弟弟妹妹，监视他们不要进到后间的壁橱，或者爸妈房间的衣柜里面。

平安夜是最长的一天了，不过，它却是已被明日的喜悦所填满。起居室里闻得到地板蜡以及干净、冷冽的云杉气味。圣诞树立在前厅的角落里，高及天花板，庄严、未经修饰打扮。这是我们家的传统，在圣诞前夜，孩子们上床之前，圣诞树都不会预先装饰。我们很早就上床了——几乎是在冬日夜晚降临的同时。我躺在床上，躺在妹妹的身边，试着让她保持清醒。

“你还想猜猜圣诞老人会送你什么吗？”

“我们已经猜过太多次了。”她说。

妹妹睡着了。于是又一个谜团随之而来。她睁开眼来就会是圣诞节了，而与此同时，我却躺在这儿，在这黑暗中，一个小时又一个小时——怎么能这样呢？时间对我们两个而言都是相同的，但却不是全然相同。这是怎么了？怎么回事啊？我想着伯利恒[1]，想着樱桃糖、耶稣和冲天炮。我醒来的时候，天色仍暗。在圣诞节，家里允许我们五点钟起床。后来我发现，爸爸耍了花招，在圣诞节前夕调了钟，所以五点实际上应该是六点了。无论如何，当我们齐刷刷冲到厨房炉灶旁边梳妆打扮时，天还是黑的。家里的规则是，在我们到圣诞树旁边之前，必须先要穿衣服和吃早饭。在圣诞节这天一早，我们总是以鱼、培根肉和粗燕麦粉作为早餐。我是每一口都心怀怨恨，因为当起居室里满是糖果，最少有整整三箱子糖果的情况下，谁愿意早餐吃得饱饱的呢？早餐之后，我们排成一排，开始唱圣诞颂歌。我们清唱的声音盈盈上升，率真而神秘，仿佛我们已一个接一个地穿过那扇门到了起居室里。圣诞颂歌没有收尾，而是结束在不经修饰的欢悦的喊叫、嬉闹声中。

圣诞树在烛光灿烂的房间里闪耀。那儿有薄绵纸包好的脚踏车和

① 传说中耶稣的诞生地。

其他成捆的礼物。我们的长袜挂在壁炉架上，里面装满了橘子、坚果和较小的礼物，多得鼓起来、凸出来。接下来的时间宛如天堂。窗外看得到蓝色的黎明，天空在逐渐明亮，蜡烛被吹熄了。九点的时候，我们已经骑上了带轮子的礼物，穿上了可以穿的礼物。我们拜访邻居家的孩子，同时每家也都轮流回访。我们的堂兄表弟会来，还有那些从别的社区过来的大人亲戚们。一整个上午我们都在吃巧克力。在大概两点或者三点的时候，圣诞大餐开始了。餐厅的大餐桌被请了出来，装上额外展开的扩大桌面用的木边，再铺上极好的亚麻桌布——带玫瑰图样的厚花缎料子。爸爸带着大家做祷告，然后就站起身来切火鸡。调料、米饭和鸡杂汤也准备就绪。雕花的碟子上盛着闪闪发光的果冻，以及那庄严肃穆的节日酒。甜点总是会有乳酒冻或者法式水果奶油布丁，还有水果蛋糕。大餐结束的时候，下午几乎都要过完了。

黄昏的时候，我坐在门廊的楼梯上，被太多的幸福感弄得疲惫不堪，肚子觉得难受，身体也累坏了。隔壁的男孩子穿着新的印第安人服装，溜着旱冰过去了。一个女孩子被一个炸响的爆竹声吓得晕头转向。弟弟则挥舞着烟火棒。圣诞节结束了。我想着往后那千篇一律的时间，在这苍白的节日远去的绚烂之中，无可安慰，下一个圣诞节到来之前的这一年，被无限拉长——仿若永恒。

圣诞节的发现

我五岁那年的圣诞节——当时我们仍住在乔治亚老城区的家里——我的猩红热刚刚好，并且，在那个圣诞节我还克服了一场就好像猩红热那样的、使我患病的心变得斑驳而苍白的竞争。这场转变为爱意的竞争，令我的发现——圣诞老人跟耶稣与我曾经设想过的不同，他们不是亲戚——黯然失色。

首先是猩红热。十一月里，弟弟布奇和我被隔离在后屋，整整六个星期的时间，我们一直在跟温度计、便壶、酒精洗液和罗莎·亨德森打交道。罗莎是个实习护士，负责照料我们，因为妈妈为了我那讨厌的竞争者——刚刚出生的妹妹——而抛弃了我。妈妈会半开着房门，将送到屋子里的礼物传给罗莎，关上门之前，再大声说一些话。她没有带着宝宝过来，我对此感到很欣慰。礼物很多，罗莎将它们放在我和弟弟床铺之间的一个大肥皂箱里，里面有桌面游戏、橡皮泥、绘画套装、扁头剪刀和玩具火车头。

布奇要比我小得多。他太小了，不会数数，不会玩巴棋戏[①]，不会自己洗脸。他只会做扁扁的橡皮泥球，以及用剪刀剪下轮廓简单的、又大又圆的纸片——比如杂志上的圣诞老人。然后，因为实在太难的缘故，他的舌头会从嘴角伸出来。我则剪下那些难剪的东西，还有纸娃娃。当他弹奏竖琴时，会发出令人难以忍受的尖利杂音。我则演奏迪克西[②]和圣诞颂歌。

快天黑时，罗莎会大声地给我们读东西。她会读《孩童生活》[③]、故事书或者一本《真实告解》[④]杂志。她那柔软的、疙疙瘩瘩的声音在安静的房间里高低起伏着，恰如壁炉火焰投在墙上的斑驳摇曳、在金亮与灰暗之间蹒跚转换的影子一般。有时宝宝会哭泣，我也会感到仿佛有一只虫子在体内爬行，弹奏着竖琴，打算将罗莎的声音淹没掉。除此之外，整个房间就只有她那五颜六色变化着的声调和火光之下变幻不停的墙面存在而已了。

隔离开始的时候是深秋时节，从紧闭的窗子向外看，能够看到秋天的落叶逆着蓝天和阳光的方向纷纷落下。我们唱着：

> 来呀，小小叶子，有一天风儿在说了，
>
> 跟我一起穿过那草地，我们一起玩耍……

---

① 巴棋戏（Parcheesi）：一种以贝壳为骰子的四人桌游。

② 迪克西（Dixie）：南北战争时期南方邦联的代表歌曲，战时起过重要作用，影响很大。

③《孩童生活》（*Child Life*）：1931 至 1939 年间发行的一本儿童杂志。

④《真实告解》（*True Confessions*）：创刊于 1922 年的一本知音类杂志，目标读者为二十至三十五岁年轻妇女人群。

然后，一天早上，寒霜突然就把草地和屋顶染成了银灰色。罗莎对我们说圣诞节已经不远了。

“还有多久？”

“大概就跟那位带链子的游牧国王[①]的链子一样长，我猜。”在隔离期临近末尾的时候，我们用赛璐珞彩片做了一根有很多种不同颜色的链子。我对问题的答案感到迷惑不解，而布奇想了想就把舌头放在了小嘴角。罗莎补充道：“圣诞节是十二月二十五日，我会直接计算日子。如果你们仔细听的话，可以听到鹿群自北极点那边飞驰而过的声音。不会太久了。”

“到那个时候，我们会从这个老房间里出去玩吗？”

“我相信我们的主。”

一个突如其来的恐怖想法笼罩了我。“真有人会在圣诞节生病吗？”

“是的，宝贝。”罗莎正在火上做晚饭要吃的土司，用一柄土司叉小心地翻着，当她说第二遍时，声音就像是被撕开来的纸一样，“我的小儿子是在圣诞节那天死掉的。”

“死了！谢尔曼死了！”

“你要知道，那不是谢尔曼，”她严厉地说，“谢尔曼每天都会到我们的旋转楼梯这边来，你知道的。”谢尔曼是个大男孩，放学以后，他会站在我们窗户外面，罗莎会把窗子朝上拉开，跟他讲好半天话，有时候会给他一个十美分硬币，好让他到商店里去。谢尔曼在窗口这儿时总是捂着鼻子，因此，他的声音全是鼻音，好像尤克里里琴[②]的

---

① 这里指耶稣。

② 尤克里里琴（ukulele）：夏威夷四弦琴。即常见的夏威夷小圆吉他。

弦音。“是谢尔曼的弟弟，那是很久以前的事了。”

“他也得了猩红热吗？”

“不是。他在圣诞节的早上被烧死了。他只是个小婴儿，谢尔曼把他放在灶台上面，跟他一起玩。然后——就像孩子们会做的那样——谢尔曼把他给忘了，把他单独留在灶台上。火苗滚滚，一个火星撞在了他的小睡袍上。当我发现的时候，我的宝宝已经——这就是为什么我的脖子上会有一处皱皱的白色伤疤的原因。”

“你的宝宝跟我们家新来的宝宝像吗？”

“差不多大。”

在接着说下面的话之前，我想了好半天。“谢尔曼那时很高兴吗？”

“为什么呀？你脑袋里究竟都是些什么样的想法呀，小妹妹？”

“我不喜欢小宝宝。”我说。

“你迟些就会喜欢宝宝的。就像你现在很爱你弟弟一样。”

“邦妮闻起来糟糕透了。”我说。

“几乎每个孩子都不喜欢新生婴儿，习惯了以后就好了。”

“是‘每一个’，而且‘都这样’[①]吗？”我问道。

那些日子里我们正在脱皮。每一天布奇和我都一条条一块块地掉皮，然后把它们收在药丸盒里。

“我想知道，要把这些皮收集起来做些什么？”

“到那个时候再说吧，小妹妹，你现在还是尽量找找自己的乐子好。”

---

① 这里作者玩了个文字游戏。将“每一个（every）”去掉一个字母变成了“都这样［ever（the same）］”。

“我想知道，我们用自己做的这根长链子能干些什么。”那根链子放在我跟弟弟之间的盒子里，把玩具娃娃、火车头等等所有其他玩具都给遮住了。

隔离期结束了，我们重获自由的喜悦，却被一种突如其来、无可名状的悲哀所封存：我们所有的玩具都要被烧掉——每一样玩具，那根链子，甚至还有那些掉下来的死皮，这显然是所有损失中最最恐怖的损失了。

“这是因为病菌的缘故，”罗莎说，“每一样东西都烧掉，床和床垫将会交给消毒人员，整个房间得用来苏尔消毒液擦个干干净净。”

消毒人员走后，我站在那房间的门槛上。这儿不再有玩具的共鸣感了——没有床，没有家具。房间里寒冷刺骨，潮湿的地板味道很重，窗户也是湿的。我的心随着合上的房门一起关闭了。

妈妈给我缝了一件红色礼服，让我在圣诞期间穿。布奇跟我可以在所有的房间自由出入，还可以到院子里去。但是我并不开心，因为那个宝宝一直都在妈妈的怀抱里。我们的厨子玛丽会嘴里说着“咕萨——咕萨——嘎”逗她，还有爸爸，他会将宝宝抛到空中。

那年的圣诞节，有一首糟糕透顶的儿歌：

吊起宝宝的圣诞长袜子，
保证你不会忘记事——
亲爱的带酒窝的小宝贝儿！
她还从来没看过圣诞节呢……

我极端讨厌这个烦心抱怨的调调还有歌词，便用指头堵在耳朵里，独自哼着迪克西，直到话题转换到圣诞老人的驯鹿、北极点和圣诞魔法，才把手指拿开。

圣诞节到来的三天前，现实和魔法如此激烈疯狂地碰撞，以至于我的认知世界瞬间就被摧毁殆尽了。因为某些现在已经无法知道的原因，我打开了猩红热隔离间的门，一瞬间像被咒语震慑住了似的，我站在门槛上，身体瑟瑟发抖。这房间在我那不可置信的眼睛前天旋地转。什么熟悉的东西都没有，房间里面全是布奇和我写给圣诞老人，并从烟囱里送出去的礼物清单上面的玩意儿，全部都是，甚至还更多，因此这个房间现在看起来像是百货大楼里面的圣诞老人房间一样。有一辆三轮车，一个娃娃，一辆带车厢的火车，还有一张儿童桌和四把椅子。我怀疑自己看到的究竟是不是现实，就去望了一眼窗外熟悉的树木，还有天花板上一处我知道得很清楚的裂缝。然后，我以一个小孩子闯荡陌生地方的那种方式，偷偷摸摸地进去探个究竟。我用食指很仔细地触摸了桌子、玩具，它们是可以碰到的，真实的。然后，我看到一样神奇的、没有提过想要的东西——一只拿着手摇街头手风琴的绿色猴子。这猴子穿着一件深红色外套，有着那种特有的急躁表情，满怀担心的眼睛看起来非常像是真的。我喜欢这只猴子，但却不敢去碰他。我最后看了一眼圣诞老人的房间。在揭露真相的震惊之后，我的心中有一种缄默和郁结的感觉。我关上门，慢慢走开，一下子见识了太多，压得我整个人发沉。

妈妈在前面屋子里织毛衣，宝宝待在她带护栏的婴儿游戏床里。

我深深地吸了口气，用质问的语气问道：“为什么圣诞老人的东西会在后面的屋里？”

妈妈一脸尴尬，像是某个讲故事的人出了错。“为什么？好女儿，圣诞老人请求你爸爸，问他是不是能在后面的屋里存放一些东西。”

我压根儿不信，就说：“我想，圣诞老人其实就是爸爸妈妈你们自己。”

“为什么呀？好女儿，亲爱的！”

“我对烟囱感到奇怪。布奇房间里压根就没有烟囱，但是圣诞老人总是会去他那儿。”

“圣诞老人有时是走门的。”

这是我第一次知道妈妈正在跟我讲故事，于是我想：“耶稣是真的吗？我只知道圣诞老人和耶稣是近亲。”

妈妈放下手上的毛衣活儿。“圣诞老人是玩具和商店，而耶稣是教堂。”

关于教堂的这个解释反而使我心烦——彩色玻璃窗，管风琴音乐，一刻不得安宁。如果教堂就是耶稣的话，那我讨厌教堂和耶稣。我只爱圣诞老人一个，然而他还不是真的。

妈妈又解释道：“耶稣是圣洁的婴儿，是基督的孩子——像邦妮那样的孩子。”

这再糟糕不过了。我蹲坐在地上，对着宝宝的脸大声吼叫：“圣诞老人只是爸妈！耶稣是——”

宝宝开始哭了，妈妈把她抱起来紧紧贴住身子，让她偎依在怀里。“现在你得自觉守点儿规矩了，年轻的女士。你把邦妮给弄哭了。”

“我恨死这个讨厌的丑邦妮了。”我嚎啕着，跑到客厅去大声哭泣。

圣诞日就像是个完成了两次偶然事件似的。我在圣诞树下玩着那只猴子，帮着布奇将玩具火车的车厢安放在车头上。宝宝拿到了积木和一个橡皮娃娃，她只是哭，并不玩耍。我们有一盒子金银岛巧克力，布奇和我分着吃掉了整整一层。到了下午，我们对玩耍和糖果已经是兴味索然了。

再晚点的时候，我独自坐在圣诞屋里，身边只有护栏床里的宝宝。明亮的圣诞树烁烁生辉，闪耀着冬日之光。突然之间，我想到了罗莎·亨德森和她那个在圣诞日被烧死的婴儿。我看了一眼邦妮，又匆匆瞥了一眼整个房间。妈妈和爸爸出门去拜访威尔叔叔了，玛丽在厨房里。我独自一人万般小心地将宝宝抱出来，把她放在壁炉前面。在意识不清的五岁这个年龄上，我并不觉得自己做错了什么。我怀疑火花究竟是否会迸出来，我跑到后面的屋子里去跟弟弟待在一起，心里感到悲伤和不安。

圣诞夜放烟火是我们家一贯以来的传统。我仍记得，天黑之后爸爸会燃起一堆篝火，我们会放五彩焰火筒，还有冲天炮。装烟火的箱子在后面屋子的壁炉架上，我打开它，挑了两根五彩焰火筒。我问布奇：“你想要找点乐子吗？”我很清楚这是错的，但是，因为愤怒和悲伤，我就想做错。我带着五彩焰火筒到壁炉火那儿，给了布奇一根。“瞧着这儿。”

我以为我记得烟火的样子，但是我从未见过像这样的东西。焰火筒滋滋溅射了一会儿之后，激烈而绚烂地迸射出黄色和红色的光的河流。我们面对面站在屋子两侧，那闪耀的焰火在墙与墙之间飞跃穿梭，交织出一个辉煌显赫但恐怖可怕的拱形。

我觉得好像听到宝宝的哭声了，但是当我跑到起居室时，发现她既没有哭，也没有被烧掉，更没有顺着烟囱向上飘走。她翻了个身，正向着圣诞树爬去。小小的手指摁在地板上，长睡衣被卷到了尿布上。我之前从未看过邦妮爬动，我看着她，第一感觉自己充满了爱意和自豪，之前的敌意早已经烟消云散了。

我带着一颗清洗掉嫉妒的心同邦妮玩耍，在她出生之后这很多个月里第一次感到喜悦欢乐。我跟圣诞老人和好如初了，他只是家人，但如此一来又有了新的安心感觉，我觉得，或许我的家庭和耶稣之间是某种关系的亲戚呢。就在那之后不久，当我们搬到郊外的新家时，我教邦妮怎样走路，甚至在我弹手摇风琴时，让她抱着那只猴子。

医院里的圣诞节前夕

在圣诞节前几天，我遇到了卡罗尔，我们俩都是医院里物理康复疗法的病人。卡罗尔是个很忙的女孩子，她画水彩画，涂蜡笔画，但大多数时间是在筹划未来。那时她在筹划一场圣诞夜的聚会，因为这是她生平第一次能够用崭新的两条义肢在聚会上走路。

卡罗尔是个截肢病人，一生下来双腿就扭曲得不成样，因此在十九岁的时候，这两条腿就被截掉了。

在这个圣诞节前夕，病房里来了太多的病人家属和朋友，医院方面还组织了聚会。但是对卡罗尔而言，这却是场灾难。她想去的那场聚会把她拒之门外，因为她的一条腿正在修理当中。这将要毁掉她的整个圣诞节前夕，当我看着她的时候，她默默无语，正在怨恨地抽泣。

我请她过来看看我。她移动自己的轮椅相当在行，很快就过来了，不过仍在哭泣。

“今年整整一年这条腿都在修理，而我现在万分期盼着能在聚会上走路，向朋友们展示一下自己的新腿。”

我们聊了一会儿，我给她读文学作品中最活灵活现的段落——詹姆斯·乔伊斯的《死者》[1]，除了《圣经》之外，那是我所知道的最生动的文章了。

> 窗格上几声轻磕，引得他把脸转向窗子。雪又开始下了，他看着那些雪花，略带睡意。银色的雪花略显黯淡，向着路灯的光线翩然斜落。时候到了，对他而言，是该踏上去西方的旅途了。没错，报纸上说的是对的，爱尔兰全境基本有雪。雪落在昏暗的中部平原上的每一处，落在无树的山岭上，轻缓柔和地落在艾伦沼泽[2]上，落向遥远的西部，仍旧轻缓柔和地落在香农河那阴暗暴虐的波涛中，也落在山上安葬麦克·费瑞[3]的孤零零的教堂墓地的每一处。它飘落在几欲倾倒的十字架和墓碑上，飘落在小铁门每一处竖起的尖片上，飘落在荒芜土地的荆棘刺顶上。当他听着雪花刺透宇宙飘曳而下时，他的灵魂渐次沉沦，正仿佛它们沉沦到底的最终结局一般，降临在所有在世者与往生者的身上。

我读这一段，宽慰她恰如宽慰我自己。优美的语言，在那个圣诞节前夕，在医院病房里，给我们俩带来了祥和美好的感觉。

---

① 所引为短篇小说《死者》(*The Dead*)的最后一段。该小说陆续描绘享用圣诞晚宴的客人，是乔伊斯所写的最后一则短篇小说，收在《都柏林人》一书中。

② 艾伦沼泽：爱尔兰中东部的泥炭沼泽，位于利菲河和香农河之间，面积约九百六十平方公里。

③ 麦克·费瑞（Michael Furey）：小说中主角妻子童年时的爱人。

她是个具有极大勇气的女孩，以优雅的爱好和平静的态度坦然接受生命中的缺陷。我知道她仍旧在为聚会的事烦扰，因为她反复说着，“所有夜晚之中的今天这个夜晚，我要让朋友们看着我自己款款步入会场”。

医生为此也很烦扰，但突然之间，像是一股上旋风团似的，过道里发生了一阵骚动。消息传了过来，说卡罗尔的腿将会按时修好，她终于可以去参加聚会了。九人病房里洋溢着欣喜祝愿的气氛，卡罗尔又哭了，这次是因为激动。

聚会开始了，卡罗尔在衣着上无可挑剔，穿上了她最好的衣服。她的义肢已经带过来了，卡罗尔用最近刚学会的技巧来行走。一位医生站在门口，观察她的情况如何，康复理疗师则说：“好女孩儿，卡罗尔！”

她检查完假肢上的皮带，努力保持住站立的姿势，然后，骄傲地在病房走道上开始行走，脑袋高高仰起，向朋友们正等着她的地方走去。

经年累月的伤病折磨，我是再清楚不过的，英雄气概、顽强努力和执着胆量总归会有所报偿，卡罗尔必定会没事的。

我最后一次听到关于她的消息是，她正在上大学，参加所有的学生活动，并且准备在毕业之后教授物理治疗课程。

写者与写作

我是怎样开始写作的

在乔治亚州的旧家里，曾经有两间起居室——后室和前室，之间用折叠滑门相隔。这两间是家里的起居室，也是我那些表演的小剧场。前室是观众厅，后室是舞台，那折叠滑门就是幕布了。冬日里，烟火在胡桃木的门上留下忽明忽暗的光影，站在幕布前，那最后的紧张时刻里，你会注意到壁炉架上座钟的嘀嗒声，那是个带手绘天鹅图案玻璃前罩的高底旧座钟。夏日里，开幕之前，房间里沉闷得令人窒息，在后院里男孩子的口哨声和远处传来的收音机声的交相呼应之下，座钟似乎沉默了下来。在冬天，霜冻的冰花在窗玻璃上盛开（乔治亚州的冬天是相当冷的），穿堂冷风在寂寥的房间里飕飕而过。开窗子的夏天，每一阵微风都会撩起窗帘，花香味带着太阳的热度，越过晨曦中积满露水的草地传过来。在冬天，演出结束时我们会喝热可可，在夏天则是橘子汁和柠檬水。无论冬夏，蛋糕总是一样的。这些都是露西尔做的，她是我们那些日子里的厨师，我之后再也没有尝到过那么好吃的蛋糕了。秘密在于那种精湛的分层技术，我相信，实际上那些蛋糕一直都是做坏了的。那是些没有发酵的配葡萄干的纸杯巧克力蛋糕，所以没有真正意义上的纸杯盖。蛋糕弄得太湿软、没味道，葡萄干也放得过多。那些蛋糕魔法般的魅力纯属歪打正着。

作为家中最年长的孩子，我身兼监护人、蛋糕分配员及我们一切演出的总领班等多项职务。全部剧目都是折衷主义[①]的，从电影场景大杂烩到莎士比亚，还有由我自己编造的、有时碰巧在我那本自己买的“老板”牌笔记本上写下的剧本。演员恒久不变——我弟弟、我那宝贝妹妹，以及我自己。演员本身是演出最为不利的条件。那时我的宝贝妹妹是个挺着小肚皮的十岁女孩儿，在当场死亡、晕倒咒语，以及包含如是种种需要的场景片段里面，她表现得简直糟糕透了。当宝贝妹妹“昏厥而死”时，她会先谨慎地看看四周，然后极为小心地倒在沙发或者椅子上。记得有一次，这样的“倒地死亡”硬是弄折了妈妈最喜欢的一把椅子的两条腿。

作为演出的导演，我可以容忍糟糕的演出，但是，有一件事我完全没办法忍受。有时候，在经过了半个下午的紧张演练之后，演员们会在开幕之前拒绝整场演出，自说自话地到后院去玩耍。“我整个下午都在为这场演出努力奋斗，而现在你们就直接把我给遗弃了。”在这种时候我会大叫，完全失掉耐心。“你们什么都不是，不过是孩子！小孩子！我会捣鼓出个好情节把你们杀掉。”但是他们只顾大口

---

① 折衷主义（Eclecticism）：哲学术语，原意为在原有的哲学体系中批判地选择真理。后被引申为没有独立见解和固定立场，拼凑、无原则、机械性的一类思维、行事方式。

吸完饮料，就带着蛋糕跑掉了。

道具完全是即兴的，仅限于使用妈妈那最为宽容的“禁止使用”以外的物品。衣橱最上层的抽屉是“禁止使用”的，我们不得不使用次一等的毛巾、桌布和床单，来满足演出中饰演护士、修女和幽灵的需求。

起居室演出在我发现尤金·奥尼尔①之后即宣告结束。记得那是夏天的时候，我在图书馆里找到了他的书，然后就将他的照片安置在了后室的壁炉架上。秋天，我写了一个关于复仇和乱伦的三幕短剧——幕布后出现一个墓地，各种凄凉的场面之后，剧情聚焦到一个灵车上。演员阵容方面，由一位盲人、几个蠢蛋和一位品格低劣的百岁老妪构成。在起居室那陈旧的条件之下，优秀的演出不切实际。我给出了我称作“读演”的方式，将剧作献给我那极具耐心的父母，还有前来造访的一位姑妈。

再之后，还有一个被称作《生命之火》的台本，记得是写尼采的，剧里有两个角色：耶稣·基督和弗里德里希·尼采。我认为本子中颇有价值的一点是它由押韵的诗歌体写成。我也给这场剧做了一次“读演”，那之后孩子们从后院进来，我们喝了热可可，然后在后室的壁炉火边吃了那塌陷的、可爱的葡萄干蛋糕。“耶稣？”获悉此事时，我的姑妈如是问道，“好吧，无论如何，宗教也是个很不错的主题。”

在那个冬天里，家里的每个房间，乃至整个镇子，似乎都在挤压和束缚我那颗正处于青春期的心灵。我渴望远行，尤其渴望去纽约。

---

① 尤金·奥尼尔（Eugene O'Neill，1888—1953）：美国最杰出的现代剧作家，他率先开创了美国现代戏剧。从此，美国戏剧迅速发展成为美国文学中与小说和诗歌鼎立的文学形式。

胡桃木折叠门上映射的烟火光影，还有那带天鹅的座钟沉闷冗长的声响，都使我感到悲伤。我梦想那遥远都市的摩天大楼和雪。纽约市，是我在十五岁那年写的第一篇小说中欢乐的“背景设定”[①]。那本书的细节颇为奇特：地铁上的检票员们，纽约市的前院——不过，在那个时候这无关紧要，因为我已经开始另一段旅行了。那一年属于陀思妥耶夫斯基、契诃夫与托尔斯泰——那神秘未知的某地与纽约之间，有一种“皆与此地等距”的预感。老俄国与我们乔治亚州的房间，那奇迹般的、孤独的土地，无华的故事与内敛的心灵。

① 原文为法语“Mise en scène”。该词在舞台剧中作为“舞台调度”之意，为欧美圈子所惯用。

俄国现实主义文学与美国南方文学

过去十五年里，南方兴起了一种文学流派，并已充分发展到评论家们将其标记为“美国哥特式文学”的程度。然而，这一标志本身却是不幸的。一篇哥特故事的效果，或许跟一则福克纳小说在其对于恐怖、美丽和矛盾交错情绪上的唤醒相类似，但是这种效果却是从不同的源头进化而来的。前者所使用的手段，是浪漫主义或者超自然力，后者使用的则是罕见的、情节紧张的现实描绘。现代南方小说看起来似乎最应该去感谢俄国文学，它是俄国现实主义开枝散叶的结果。并且，这一影响绝非偶然。美国南方文学产生的环境，明显跟在俄罗斯人们身上起作用的那些类似。在老俄国和直至今日的美国南方这两者上，一个明显占优的特性，乃是视人命如草菅。

对于十九世纪末期的俄国小说家而言，尤其是对于陀思妥耶夫斯基而言，他们的所谓“残忍”特性受到了猛烈的抨击。同样的指责如今落在了新兴的美国南方作家们身上。乍一看来，如此的责难简直是莫名其妙。自希腊悲剧作家们的时代起，艺术便已毫不犹豫地去描绘暴力、疯狂、谋杀和毁灭了。俄国或者南方的文学的“残忍”，并不能匹敌甚或超越希腊人、伊丽莎白时期作家，或者就那一方面而言超越《圣经·旧约》的创作者。因此，使人震惊的并不是“残忍”这一特性，而是由它本身所体现出来的社会风俗。而在这一指导描写生活及苦难的方法上，南方人是受了俄国人莫大恩惠的。手法简略表达如下：将悲剧和幽默拿来做一个勇敢的、表面上冷酷无情的衔接并置，用无边无际的琐碎情节来描写卖淫者的庄严，以唯物主义细节描写表现一个人全部的灵魂。

对于习惯于经典文学的读者而言，这一手法带有惹人排斥的特性。举例来说，有个孩子死了，如果作者对这个孩子的生与死皆用一句话来带过，并且就此过掉这个情节，不加评论，不表达怜悯之情，语气毫无变化地过渡到琐碎的细节之上的话，这种表现手法看上去就显得玩世不恭。读者们习惯了由作者来规划故事中情感体验的相对价值，当作者拒绝了这一责任时，读者就会感到困惑和不满。《罪与罚》中马尔美拉陀夫的葬礼酬客宴以及威廉·福克纳的《我弥留之际》，就是此种现实主义手法的绝佳范例。在这两者中都有痛苦与闹剧的融合，以一种几乎是物理力量的方式，在读者身上产生反应。马尔美拉陀夫的惨死，卡捷琳娜·伊万诺芙娜扰乱酬客宴餐点供应的细节，那个小职员“不为自己申辩一个字，听起来简直令人感到深恶痛绝”——表面上看，整个情况就仿佛是一个全无希望的、情感上的破布袋子。在面对濒死的苦恼和忍饥挨饿之时，读者突然发现自己正在嘲笑卡捷琳娜·伊万诺芙娜与女房东之间的种种荒谬之处，或者对小波列的滑稽行为会心微笑。不知不觉地，在笑过之后，读者会觉得内疚，因为他察觉到作者以某种方式愚弄了他。

闹剧和悲剧总是被拿来作为另一方的衬托。但是，除了俄国佬和南方人的作品之外，使用是很少的。在那些作品里，它们被一个摞着一个、层层叠叠地累加起来，于是这两种手法的效果会被同时体验到。就是这种情感上的复合招致了那“残忍”的指控。德米特里·斯维亚托波尔克·米尔斯基[1]在对陀思妥耶夫斯基一段文章的评论中写道：“尽管作者清楚明白地呈现了幽默的元素，但这却是一种需要引发一类相当古怪的笑点才可以发笑的幽默。”

在福克纳的《我弥留之际》中，这种融合是彻底的。故事是关于安斯·本德仑埋葬他妻子的葬礼之旅，他带着遗体去大约四十英里外的、妻子的家族墓地安葬。这一旅程花去了他和他的孩子们好几天的时间，尸体因为天热而腐烂，他们在路上还历经磨难——涉水过河时失去了骡子，一个儿子弄断了腿，并因此得了坏疽，另一个儿子疯掉了，女儿则遭到了诱奸——很难想象还有比这更不幸的行进队伍了。然而，这些无尽的苦难，却没有比那些极度不合逻辑的事件受到更多的强调。在整个故事之中，安斯都把心思放在抵达镇子之后要买的假牙上。那个女孩则关心她随身带去卖的一些蛋糕。一条腿染了坏疽的男孩子一直在念叨着疼，“它把我烦透了”，并且，他最担心的主要事情，是他的木工工具箱可能会在路上给弄丢了。作者记录下这种价值

---

① 俄国文学史家、翻译家、评论家。

观的混淆，自身却不承担任何精神道义上的责任。

理解这种特性，人们必须首先了解南方。从社会学的角度来看，美国南方和旧俄国有很多相同之处。南方一直是个跟美国其他地域分开的区块，有其自身明显的兴趣偏好和性格特点。在经济和其他方面，它曾经被视为国家的其余部分，视为某种意义上的殖民地。南方贫困，并且其他方面也和这个国家别的地区有所不同。就社会结构而言，与旧俄国相类似，具有一个非常明显的阶级划分，南方是美国唯一存在典型的农民阶级的地区，尽管南方人的社会划分在种类上是平级的。南方人和俄国人都是“那一类人”，他们身上有某些可辨识的、民族心理学上的特征。享乐主义、幻想家、懒惰，以及情绪化——显然有近亲般的相似之处。

在南方和旧俄国，人命的卑贱这一点时时处处都体现在现实之中。这个概念本身及其具体表现具有一种言过其实的价值。生命是多种多样的，孩子们出生，然后他们死去，或者如果他们没有死去，他们活下来，挣扎求生。生存之战在整个生命中都切实存在，一个人可以在十英亩的破产土地上、在一头骡子上、在一大捆棉花上遭受磨难。在契诃夫的小说《农民》中，沙莫瓦在小屋中的财产损失，就和尼古拉的死或者老祖母的残忍行为一样令人感到悲痛，或者更令人感到悲痛。在《烟草路》中，杰特·莱斯特的买卖，拿她的女儿来交换七美元和一次界外球，是具有象征性的。生命、死亡、精神体验，这些来了又离去，我们并不知道其中因果为何，但是“那东西”就在那儿，它始终在祸害人，或者使人感到享受，它本身的价值是不变的。

果戈理被誉为第一位现实主义作家。在《外套》中，那个小职员将他的整个生命与他的一件新冬装外套等值，在外套被偷掉之后便丢了心丧了命。在果戈理那个时代，或言自十九世纪五十年代到二十世纪初，俄国虚构作品的创作可以被看作是一种美感的蔓延。契诃夫明显与阿克萨科夫[1]、屠格涅夫不同，但是，从大体上看，他们对材料的处理，还有基本手法都是一样的。而道德观上的态度则是这样：人类既非善也非恶，他们只是感到不快，并多多少少对他们的不快进行了对应的调整。人们被生在一个混乱迷惘的世界当中，一个价值观系统如此不确定的社会里，谁能说一个人是否比一担干草更有价值，或者生命本身是否足够宝贵，通过努力就能够理所当然地获得维持其自身存在的必要物质资料呢？这一态度或许是那些时代里所有俄国作家的写作特点，作家们仅仅是精确记录下他们那个时代和立足地的真相而已。这是无意识的道德处理方式，是他们作品的精神基石。但又决不会排斥在意识高度清醒的层面之外。这就是俄国现实主义文学中那些伟大的、富于哲理性的小说所曾到达过的顶峰。

从一八六六年到一八八〇年，陀思妥耶夫斯基在十四年里写了四部杰作：《罪与罚》《白痴》《群魔》，还有《卡拉马佐夫兄弟》。这些作品极其复杂。陀思妥耶夫斯基在真正的俄国传统之中，用一种彻底没有偏见的视点来处理生命本身。对于罪恶、生命的迷茫，他记录下最赤裸裸的坦诚，融合最复杂多样的感情，成为一个混合的整体。不过，除此之外，他还使用了精确分析式的处理手法，这几乎像是对生

① 谢尔盖·阿克萨科夫（Sergey Aksakov，1791—1859）：俄国作家，代表作《暴风雪》。

命的漫长观察，他将所见所闻在自己的艺术中忠实地反映出来，他对生命本身以及自己所写的东西都感到胆寒。他无法拒绝其中任何一个，或者去欺骗自己，于是他呈现了至高无上的责任感，来解答生命本身的疑惑。但是，要这样做，他将不得不成为一个弥赛亚①。从社会学的角度来看，这些问题绝对不能同时解决，除此之外，陀思妥耶夫斯基对经济理论漠不关心。在他作为弥赛亚的任务中，陀思妥耶夫斯基在对待自己所呈现的责任感这点上是失败的。他提出的问题过于庞大了，这些问题就好像是对上帝提出的愤怒要求一样。为什么人要让他自己遭受贬低，并且允许他的灵魂被物质世界侵蚀？为什么会有恶？为什么要有贫困？为什么要承受苦难？陀思妥耶夫斯基高屋建瓴地提出了问题，不过他的解决方式，所谓“新基督教义”，却并没有给出回答，他几乎就是把基督作为了工具。

《罪与罚》的解决方式是一种个人调解，那些困惑难题是形而上学的、带有普遍性的。拉斯柯尔尼科夫是人类在这个混沌世界里找寻内心和谐时那些带有悲剧性质的“无能为力”的象征。问题与社会本身的罪恶相关，拉斯柯尔尼科夫不过是这一不调和的结果罢了。对于辍学、对于自我赎罪、对于找到一位属己的神明，一个拉斯柯尔尼科夫或许能又或许不能找到主观意义上的“天恩蒙赐”②。不过，如果仅这样解决掉一个附属的问题，则丝毫没有触及到主要问题，这就像试图依靠四则运算来证明几何命题一样。

作为一个道德分析师，托尔斯泰就更精确一些。他不仅仅表达

---

① 指的是上帝所选中的人，具有特殊的权力。

② 原文为“State of Grace”，为神学术语，意为“蒙受上帝的恩宠”。

“为什么”，也同样表达“是什么”及“怎么做”。在他大约五十岁时，他的《忏悔录》对于一个人同不和谐世界之间的冲突给了我们一份漂亮的笔录。“我感觉，”他写道，“我心里某样生命一直依赖的东西已经折断了，于是，我再没有东西可以紧握不放，于是，从道德上来讲，我的生命已经停止了。”他进而承认，从外界的一个视点观察他本身的个人生活是理想的，他身体健康，衣食无忧，家庭幸福。然而围绕着他的整个生命，看起来却荒诞地失去了平衡。他写道：“生活那无意义的荒谬，是归属于人类的唯一无可争辩的事实。”托尔斯泰宗教上的改宗众所周知，这里没有必要过多提及。就本质而言，这同拉斯柯尔尼科夫在小说中的改信完全相同，因为它纯粹是一种孤独的、精神层面的体验，作为整体来看，根本无法解决问题。

但是，衡量通过这些形而上学的、道德观的探索所取得的成功，就它本身而言并不具备最重大的价值。从根本上来说，它们的价值是催化剂性质的。总体而言，乃是这些道德观探索影响作品本身的这一方式在起主要作用，并且这影响是极其深远的。陀思妥耶夫斯基、托尔斯泰，以及少数说教者们给俄国现实主义文学带来了一个迄今为止仍旧晦涩或日欠缺的元素，这一元素名唤“热情”。

果戈理具有一种压倒性的虚构幻想才思，作为一名讽刺作家他鲜有对手，他纯粹的、技术性的手法就是夸张放大。但是他却一点没有热情。阿克萨科夫①、屠格涅夫、赫尔岑②、契诃夫，各自具有不同的

---

① 康斯坦丁·谢尔盖耶维奇·阿克萨科夫（1817—1860）：俄国宗教哲学家、历史学家、政论家、文艺批评家、斯拉夫派创始人之一。

② 赫尔岑（Alexander Herzen，1812—1870）：俄国哲学家、作家、革命家。代表作《谁之罪？》《往事与随想》等。

才华，但在感情的特殊层面上他们却都不约而同地表现匮乏。在陀思妥耶夫斯基和托尔斯泰的作品当中，就仿佛是俄国文学突然之间握紧了它的拳头，整个文学有机体都受到了感染，有了一种新的张力，一次资源的聚合，一个激烈紧张的音调。凭借这些说教者们，俄国现实主义到达了它最炽热和荣耀的阶段。

从艺术成就的视角上看，将新南方作家和俄国人拿来作比较是可笑的。他们只有在写作材料的处理方法上类比起来可以打个平手。南方人所写的第一部真正的小说（古老传奇不包含在内）直到一九〇〇年都未出现——那时，俄国现实主义已经在走下坡路了。埃伦·格拉斯哥[①]的《不毛之地》标志着一个不确定的发展时期的开始，美国南方文学只能被认为是在过去的十五年里完成了它的奠基。但是，当考德威尔[②]和福克纳出场之后，一个崭新的、充满活力的开枝散叶时期开始了。现时的南方，文学能量澎湃蒸腾，约瑟夫·威尔伯·凯希在他的《南方的思想》中提到，在那些日子里，如果你在南北分界线的随便哪个地方开一枪，都会打中一个作家——因为平均密度太高了。

一位观察者不应该去批评某件艺术作品中那些艺术家本身缺乏的、从未打算要去涉及的某些特征。作家有限制自己视野的特权，给他自己王国的边境线立桩标界。在试图评价目前正在涌生的南方作品时，这点是必须牢记的。

南方作家对他们身处的环境做出反应，这一方式恰如俄国人在陀

---

① 埃伦·格拉斯哥（Ellen Glasgow，1874—1945）：美国小说家，以美国南方为主题创作了长篇系列小说。代表作《姐妹情仇》，获普利策奖。

② 欧斯金·考德威尔（Erskine Caldwell，1903—1987）：美国作家，代表作《烟草路》《七月的风波》等。

思妥耶夫斯基和托尔斯泰时期所优先考虑的那样。他们对生命周遭的痛苦尽可能地进行精确诠释，却不去做真相和读者感受之间的情感纽带的连接者。南方人被指责的那种“残忍”归根到底不过是某种淳朴真实[1]，是对精神领域千变万化姿态的一种接纳——不去询问为什么，不试图去给出一个回答。不可否认，在此种清晰的视界与责任感的抛弃之下，会带有一种稚嫩的特性。

但是南方文学正处于萌芽成长期，不能因为它的年轻稚嫩而受到指责。人们只能去推断其发展或者衰退的可能路径。南方文学著作触碰到了现实主义道德的界限，如果它打算要枝繁叶茂地发展，某些更多的东西就必须被加入进去。迄今为止，仍旧没有像托尔斯泰那种道德分析师式的，或者像是陀思妥耶夫斯基那种神秘主义者式的先驱出现。但是，南方文学所处理的创作素材，看来却是适应它自身所提出的某些基本问题的。这群作家何时能够承担哲学上的责任了，他们作品的整个色调和结构就会丰富起来，南方文学在它自身的演变过程当中便会进入到一个更加完整和富于活力的阶段。

① 原文为法语“naïveté”。

孤独，一种美国式疾病

这个城市，纽约——考虑一下这个城市里的居民，八百万的我们。我的一位英国来的朋友当被问到为什么生活在纽约时，答曰他喜欢这里，因为在这里可以如此孤独。我的朋友是本身就渴望孤身一人，而许多居住在城市里的美国人的孤独，却是件无意识的、可怕的事情。曾有人说孤独是最大的美国式疾病。这种孤独的属性是什么？看起来，似乎它本质上会是一种对身份认同的追寻吧。

对于旁观者——业余的哲学家而言，在我们渴望与排斥的复杂跳跃流转之间，没有比个体意志对自我身份认同及归属感的索求更强有力和更持久的主题了。由出生到濒死，人类都一直为这双重主题而痴迷。在我们生命的最初几周里，事关自我身份认同问题的紧迫感，就已转化为对于母乳的生理需要。婴儿去触碰他的小脚趾，继而去探索他那张婴儿床的栏杆，一遍又一遍地，他将自己的身体和周遭环境中的物品进行对比，在那双闪动着的婴儿眼睛里面，有一种自古即有的、原始纯朴的好奇。

自我意识是人类想要解决的首个抽象难题。确实，也就是这个“自我意识”，将我们与低等动物们区分开来。这种最初的、对自我身份认同的把握，随着不断改变的关注重点，贯穿了我们的全部岁月。或许，“成熟”不过简单意味着个体的那些变化历程——由他自己所发现的、个人与这世界之间的关系。

在最初的自我意识建立之后，便会迎来迫切的、打算抛弃掉此种新发现的、形单影只感觉的需要，相比虚弱、孤独的自己，更需要去从属于某些更大、更具有力量的东西。精神上的隔离，对于我们而言，是无法忍受的。

《婚礼的成员》[①]中那位可爱的十二岁小女孩弗兰淇·亚当斯将这种广泛的需要表达得颇为清晰：“我的问题在于很长一段时间里我都只是独来独往。所有的人都归属于一个‘我们’，除了我以外。不归属于一个‘我们’，会使你感到太过孤单。”

爱，是联结“我”与“我们”之间的桥梁，不过，关于人与人之间的相爱，却存在着一个悖论。去爱另一个独立的人，开启了个人同世界之间的一种崭新关系。爱人们用一种新的方式来对周遭世界做出反应，甚至可能会去写诗。爱是一种确信，它刺激“肯定”一面的反应，以及更全面广阔的交流。爱驱逐恐惧，并且在“同在一起”的安全感呵护之下，我们找到了心安和勇气。我们不再害怕那由来已久的

---

① 长篇小说，麦卡勒斯的代表作之一。上世纪五十年代由她本人改编为戏剧在百老汇连续上演 501 场。

恼人问题——“我是谁？”“我为何存在？”“我将去向何方？”——在已驱逐了恐惧之后，我们会变得坦诚而宽容。

恐惧是邪恶的原始源头，当问题“我是谁？”反复重现却得不到回答时，恐惧与挫折感便会投影出一项负面属性。恐惧的灵魂仅仅能够回答：“既然我并不知道‘我是谁’，我便只知道我不是什么了。”这个来自情感上的不确定推断是势利、偏狭和仇外的。仇外的个体只懂得拒绝和毁灭，一个仇外的国家不可避免地会发动战争。

美国人的孤独，并不存在仇外的基因。就一个国家而言，我们的人民颇为外放，总是向往快速直接的接触，寻求更为深入的体验。然而我们却倾向于从中找到诸如独立性和孤独之类的东西。欧洲人在家庭纽带和死硬的阶级愚忠之中获得安全感，他们几乎完全不懂得那种精神上的孤独感，而这在我们美国人来说乃是自然而然。欧洲的艺术家们倾向于去组成团体或者美学上的学派，而美国的艺术家则始终都是特立独行——不仅在一切关于创新精神的社会部分，在艺术家自己创作的轨道上也同样如此。

梭罗遁入山林，去找寻他人生的终极意义。他的信条是返璞归真，于是在生活方式上便刻意剥离掉物质需求，达到了斯巴达人的程度，如此他的内在生命便能够自如活跃起来。他所致力的目标是将世界归置到一个角落里。在那种方式之下，他发现“一个人认为他自己是什么，就决定了——或者更确切地说——预示了他的命运”。

另一方面，托马斯·沃尔夫则转向城市，在徘徊于纽约市的年岁里，他继续着那狂热的、长达一生的、对于他那失去了的兄弟与那扇魔门的追寻。他也将世界归置到了一个角落里。当他在城里的百万人中间穿梭，对他们的注视做出回应时，他体会到“那寂静无声的相会，（它）是人们生命中一切相会的总结”。

不管是田园诗般地去享受乡间生活，还是身处迷宫般的大都会，我们美国人一直都在寻觅。我们四下徘徊，我们提出问题。但是答案，却等在每一颗彼此分离的心中——关于我们自我身份认同的答案，以及我们能够掌控孤独的方式，于是最终，我们能够感觉到心之所属。

想象力共享

我想知道我为什么会接下这个任务。美学的独创性从来就没成为我的问题。飞行，它本身使我感兴趣，但我对腌制鸟尾巴什么的全无兴趣。发觉自己如此笨拙地做了承诺，我开始回忆起三年前在法国时面临的一个相似的窘境。就在我们到达巴黎后不久，一个富有魅力的绅士来看我们，他跟我说了很多话，完全是法语，滔滔不绝、语速极快。我除了知道这位访客迫切地想要从我这里弄到什么东西以外，其余全然不懂。因此，带着少许谦恭，我说出了我所知道的少数法语词之一：“可以。”那位访客紧紧攥住了我的手，停止了滔滔不绝。“啊，好的！好的！”他又回来过两次，重复着这种令人感到迷惑不解的仪式。不过，在一个新的国家，事情总是很奇怪的。我一直没有觉得陷入了什么麻烦，直到有天一个朋友来到旅馆问我现在到底该干什么。她从钱包里取出一张小卡片给我，我读了整整十遍，然后瘫坐在了床上。这张卡片是一张印刷精美的邀请函，用于旁听巴黎索邦大学法兰西剧院黎塞留厅的讲座“关于现代法美文学之比较”，主讲人卡森·麦卡勒斯。讲座的时间就在明天晚上。我丈夫读过卡片之后，开始准备行李。我则打电话给一个在美国大使馆的老朋友，然后他到我们这儿来了。他是哈哈大笑，我则抱怨塞责，我们一块儿喝了好几个小时白兰地。在一番理性探讨之后，他说：“既然你明天晚上绝对无法在索邦大学用法语做讲座，那么想想还可以做点儿什么？”我看着丈夫收拾行李，想起了最近完成的一首诗。我们的朋友——一位曾经的文学评论家听了这首诗，觉得这样能行。他用法文为我写了一封简短的道歉信，开头是：“我很抱歉，但我不会说法语——”第二天晚上，我去了法兰西剧院黎塞留厅，念了我的诗，然后坐在剧场台上，在两位评论家用我全然不懂的语言争论两种文学的方方面面时，努力试着表现出睿智的样子来。

我宁可当场念一首诗，也不愿写一篇《剧本是什么》。首先，当谈及一门艺术时，我怀疑那些武断专横的限制要求本身究竟包含了多少智慧；其次，我的创作生涯从未给我附带上任何形式上的、美学方面的“官方认证”。就散文及诗歌写作而言，我并不认为这两种文学体裁上应该有任何一成不变的差别，因为此种写作乃是一种闲散的创作。我的意思是说，一段文章或段落常常是误入歧途地去描绘感官所暗示的想象图景、感觉上的细微差别、记忆或者欲望的共鸣。而美学批评的功用则完全相反，不应该鼓励读者把注意力耗费在徘徊揣测或者白日做梦上面，而是应该鼓励他们把注意力固定在明晰的外在世界、大脑思维和有限维度之上。

艺术家的职责就是贯彻他自身独特的想象力，并在这个过程中保持对自己想象力的忠诚。（冒着听起来显得教条主义的危险，我使用了“艺术家”和“想象力”这两个词，这是为了精确度的缘故，并为了与那些考虑不同目标的职业作家们区分开来。）不幸的是，必须认识到，艺术家受到来自商业世界的出版商、制片人、杂志编辑等等多重压力的威胁。出版商或许会说，这个角色绝对不能死，书应该在一个“上升基调”中结束；制片人或许会要求虚假的戏剧效果；朋友和旁观者们或许会建议这个或者那个来给你选择。职业作家说不定会同意这些要求，将注意力集中在舞台和观众席上。然而，一旦某个富于创造性的作家坚信自己的创作念头时，他就必须保护自己的作品不受外界舆论劝说的侵害。这样一来，他通常就会处于一个孤家寡人的位置。当我们觉得自己孤独的时候，会感到害怕。还有另外一种特殊的恐惧折磨着创作者——当他经历了太久的负面攻击的时候。

艺术作品另一项平行的功用是可传达性。作品的哪一项价值是不能共享的？一个疯癫之人眼中燃烧的想象力对我们而言是无甚用处的。因此，当一位艺术家发现某项创作不被接受时，那恐怕就是他自己的想法退到了一个孤独的、不能交流表达的层面上。

我相信，这种交流表达常常都是跟时代密切相关的，因为很多人都很难抓住那些全新的东西的感觉。我想起了詹姆斯·乔伊斯对抗出版商、制片人，以及最终对抗国际盗版行为的那些四面受敌的漫长年月。或者我们可以想想普鲁斯特的朱庇特，隐忍和信仰在他自身的奋力前行之中起伏转变。有时候，交流对于那些了不起的艺术家来说到来得太晚了。爱伦·坡在看到他的想象力被共享出去之前就已经死了。尼采在陷入疯狂之前，曾给柯西玛·瓦格纳[1]写信大声疾呼："哪怕这世上只有两个人懂我也好！"所有的艺术家们都意识到，除非想象力可以被共享，否则它就是毫无价值的。

与此同时，任何艺术形式都只能依靠对应的创作者自身的变化来发展。如果只使用那些约定俗成、毫无创新的惯用手段，艺术将会灭亡。一种艺术形式的发展进化，在初始时期必然是看起来相当怪异且笨拙的。任何成长中的事物都必须经过笨拙的阶段。那些因为打破传统而被人误解的创作者或许会对他自己这样说："对你而言，我看起来是比较奇怪，但无论如何，我的创作生命是鲜活的。"

从我的第一印象来看，剧场是所有艺术媒介中最为实用主义的。正常制片人的第一个问题总是："这个剧能在百老汇上演吗？"剧本的优点往往是次要的考虑对象，并且，他们对任何不按规则出牌的剧本感到恐惧。

《婚礼的成员》是一个非常规的本子，因为它并不是"表面化"的台本。这是一个"内向式"的本子，所有的冲突都是内部冲突。反角并没有角色化，却是作为一种人类的生活处境、一种精神层面上的隔离感出现。在这方面，《婚礼的成员》同经典剧本有着密切的关系，在正角与反角的矛盾在舞台上鲜明呈现的现代戏剧中，我们还并不习惯。这个剧本有其他的抽象价值，它与时间的重要性、人类存在的危险因素和机遇的连锁反应相关。角色对这些抽象现象的反应，表达了剧本情节的运转前行。一些不能理解这种运作模式的观众感觉这个剧

---

① 德国作曲家威廉·理查德·瓦格纳的第二任妻子，李斯特的女儿。

演得断断续续，因为他们并不理解这一美学概念。

这一设计全凭直觉。每一项创意作品都是决定于它本身所起的化学反应，如果凭着主观来处理作品的话，艺术家仅仅能够使这些固有的内在反应沉淀下来。我必须说，在这个剧本获得了它本身的生命之前，我也并没有意识到它应有的深度，没有意识到那些看不见的特点的价值。创作的一个离奇特征是，艺术家迂回曲折地展现了他的命运（或者他的作品的命运），并且，只有当那些化学反应充分进行时，他才能意识到他作品的深度。我很清楚，那正是我在撰写《婚礼的成员》时所得来的经验。

我已经预料到，作为一出抒情悲喜剧，这个剧本还有另外一个问题。在同一条情节线上，笑点与悲伤经常同时存在，然而我并不知道一位观众会对此做出怎样的反应。但是在哈罗德·克勒曼[①]极为出色的指导之下，伊塞尔·华特丝[②]、茱莉·哈里斯[③]和布汉顿·德·维尔德[④]为他们所演出的如赋格曲般的部分带来了一种眼花缭乱的精准与协调。

一些观众质疑，如果有哪个剧目跟这个一样反传统，它是否还应该被称作一个剧本。对此我不能做出评价。我仅仅知道，《婚礼的成员》具有一种很多艺术家都已用诚实和爱意辨识出来的想象力。

---

① 哈罗德·克勒曼（Harold Clurman，1901—1980）：美国传奇般的百老汇剧场导演和戏剧批评家，共执导超过 40 部舞台剧，成就巨大。

② 伊塞尔·华特丝（Ethel Waters，1896—1977）：第一位在百老汇演出的黑人女歌手。文中所述三人皆在麦卡勒斯《婚礼的成员》百老汇舞台剧中饰演角色。

③ 茱莉·哈里斯（Julie Harris，1925—　）：美国影视舞台剧女明星，屡获托尼奖和艾美奖。

④ 布汉顿·德·维尔德（Brandon De Wilde，1942—1972）：美国舞台剧、电影演员，七岁开始百老汇首演。因为完成《婚礼的成员》492 场演出而举世闻名。

伊萨克·迪内森[①]：冬天的故事

在大自然的世界里，科学家们会对一起突然发生的变异事件报以极大的兴趣——他们管这一现象的结果叫作一项“运动”。在文学世界里，与之相似的一类变异并没有确切的名字，但却是一件弥足珍贵的稀罕事，这样的一本书将不会被很快遗忘。一九三四年，一项此性质的文学“运动”乃是一位寂寂无名的欧洲人以笔名撰写的一本书。这本书是一个故事集，这些故事所表达的意图完全是举世无双的，以至于在同时代的作品当中，它们拥有一种奇特的、不属于这一年代的效应。这是一本回忆录，但一个字都没写到本世纪，要做类比的话，人们将不得不去回想薄伽丘[②]或德国浪漫主义文学[③]时期的著作。开卷伊始，作者便

① 伊萨克·迪内森（Isak Dinesen，1885—1962）：原名卡伦·布里克森（Karin Blixen），丹麦著名女作家，此为笔名。本文是麦卡勒斯为《冬天的故事》所撰写的书评。

② 乔万尼·薄伽丘（Giovanni Boccaccio，1313—1375）：意大利文艺复兴运动的杰出代表，人文主义者。代表作《十日谈》。

③ 德国浪漫主义文学产生于十八世纪末期，于十九世纪上半叶达到繁荣时期。作品富于神秘主义、唯心主义和宗教色彩。代表人物诺瓦利斯、格林兄弟、海涅等。

回归到一种当今几乎已经被淘汰废除了的表达方法，那是最古老、最纯粹的虚构文学方式：传说。《七个哥特传说》[①] 由伊萨克·迪内森所著，由一组精致、怪异的故事构成，拥有几近不可思议的才气。它们的出版标志着一位杰出天才的正式登场。

伊萨克·迪内森的第二本书在四年后出版，那些期盼着能够看到和前一本书相似表现的人们吃了一惊，但却一点都不失望。《走出非洲》是一本有关作者在英属肯尼亚的咖啡种植园里那些年生活的书，是一份简单且温柔的个人档案，用一种克制哀婉的严谨笔调写就，与那些带着黑暗的哥特式狂乱恣意气息的传说故事全然不同。目前，作者的身份已经暴露了，伊萨克·迪内森是一个丹麦女人的笔名，她用英文写作。

若按照写作顺序，《冬天的故事》是她的第一本书。就传统意义而言，传说都有其双重目的：使人快乐和讲明寓意。伊萨克·迪内森毫无疑问满足了这两个要求中的前一个。她慷慨大方地使用故事讲述者们惯用的主要手段——通过意料之外带来愉悦。伪装、欺骗、命运的大起大落只不过是“意料之外”中最为粗糙的形式，真正的“意外”存在于写作本身：那些未曾期待过的、些微古色古香的词语组合，句子本身紧凑优雅的美感。她笔下的五月里丹麦那绿色的山毛榉丛林，或者一位年轻抄写员往窗外一瞥之间看到的圣母院影子下巴黎的飘雪之夜，都在恰如其分的气氛叠加烘托之下，瞬间便尽显鲜活。

---

① 此为原书名“Seven Gothic Tales”的直译。

传说的第二点意图——讲明寓意的部分，或许就需要少许诠释了。传说的寓意是怪异和武断的，与每日常见的道德伦理之间毫无关联，只由讲故事者自己决定。在那些货真价实的传说故事中，角色们被紧紧绑定在结局上，承担他们将要收获的命运，然而故事中的审判却是一种不稳定的审判。因此，在这个新故事集的第一篇故事《水手男孩的传说》中，年轻的主角救了一只被桅杆上的装置捕获的猎鹰，正因为这一举动，他之后得以从一起他承认了的谋杀案中获得宽恕。故事叙述者承担了上帝的责任，并且授予了角色们只需对作者本人负责的精神自由。不仅如此，叙述者还确保角色们具有必要的世俗力量来使用这一自由。因此，从传统意义上来说，传说故事的角色们都具有贵族气质，或者是皇室成员——如果不是投胎平民阶层的话。伊萨克·迪内森描写自由自在的旅行者们，描写独裁的君主，以及描写“使人神魂颠倒的、不可抵抗的容颜，或许是这世上最为令人神魂颠倒且不可抵抗的——白日梦者，一朝梦成，幻梦成真”。正是这种坚韧有力的自由和不顾一切的鲁莽，赋予了《冬天的故事》里的角色们以娴雅温文，并常常散发出令人倍感疯狂的魅力。

这十一个故事中的每一个都完成得优美且精致。《悲伤的产业》或许是最好的，讲述一个老国王的残暴统治，以及他最终的失败——被一个比他更强有力的曾经的受害者所打败。《彼得和罗莎》是一首关于两位梦想家的田园诗。《阿尔克墨涅》讲一位有点儿疯疯癫癫的姑娘到镇上去看一场示众的死刑。然而，在《冬天的故事》这本书中，却没有跟《七个哥特传说》中最好的那个故事一样好的、异想天开又光芒璀璨的作品。或许，这种些许失望的感觉，是因为我们已然闯进过一次伊萨克·迪内森的想象之中，就好比一位旅行者在故地重游时，那种到了陌生国度的意料之外的喜悦感便不会那么强烈了。不过，无论以哪种标准去衡量——除去伊萨克·迪内森以前自己创立的之外——这些都是小说林中的最高杰作。

伊萨克·迪内森：赞美光明

一九三八年，我拜访了在查尔斯顿拥有一间极好书店的几位朋友。在逗留的第一晚，他们问我是否读过《走出非洲》，我说我没读过。他们告诉我这是本特别美的书，必须读一下。我扭转头去，说我现在根本不在读书的状态——因为那时候我刚刚写完小说《心是孤独的猎手》。我曾想当然地以为，《走出非洲》这本书是有关草原大狩猎游戏之类的，而我并不喜欢读到那些仅仅因为比赛就要被射杀的动物们。整个周末大家都在推荐《走出非洲》，星期天我要离开的时候，他们悄悄地将《走出非洲》放进了我的挎包里，什么都没说。我丈夫开车，于是我就得闲来读书了。我打开第一页：

> 我的非洲庄园坐落在恩戈山麓，海拔高达六千英尺。赤道在这片高地北部的一百英里土地上横贯而过。白天，你会感到自己十分高大，离

太阳很近很近，清晨与傍晚都那么明净安谧；而夜晚，你会觉得寒意袭人。

地理位置和地面高度巧妙地相结合，造就出一片举世无双的景观。这里的一切并不丰饶，也不华丽。这是非洲——从六千英尺深处提炼出来的——浓烈而纯净的精华。色调如此干燥，像是经过燃烧的陶器一般。树木上，悬挂着轻盈而微妙的叶片。枝叶的形状显然与欧洲树木相异，不是长成弓形或圆形，而是层层叠叠地向水平方向延伸。几株高树，孤零零地兀立在那儿，犹如伟岸的棕榈。那骄矜而又浪漫的气势，俨然一艘艘八面威风的舟楫，方才收拢起它们的风帆。树林边缘的线条别具韵致，仿佛整个林子都在微微颤动。虬曲盘绕的老荆棘树，枝桠光秃秃的，星星点点地散布在辽阔的草原上。不知名蒿草的阵阵香气迎面而来，类似于麝香草或爱神木的气味。有些地方的香气却异常浓烈，甚至能刺痛你的喉咙。那些花儿，不论是草原上的，还是原始森林藤蔓上的，都给人以即将凋零，点点簇簇，不胜纤弱的感觉——只是大雨季刚至时，莽原上一丛丛硕大、馥郁的百合花才竞相绽开。你站在这里，视野变得开阔而高远，映入眼帘的一切，都被赋予伟大、自由与无与伦比的崇高感。①

我们下午很早就开车启程，这本伟大的书中的诗性和真实使我感到晕眩，甚至天黑了之后，我还打开车灯，继续读这本《走出非洲》。

① 本译文引自二〇一二年由陕西师范大学出版总社有限公司出版的《走出非洲》一书。

我一直都觉得这种美丽和真实没有办法延续，但是翻过一页又一页，我只是变得更加着魔沉迷。读到接近尾声时，我确信伊萨克·迪内森给非洲大陆写了一本了不起的挽歌，确信这位杰出、突出的作家能给读者一个净化、升华的保证。她的朴实与“无与伦比的高贵”使我意识到，这是我一生中读过的最为烁烁生辉的书之一。

那些燃烧着的荒漠、原始丛林和山岭开启了我向往非洲的心。使我开启这颗心的，还有那些动物们，那位光芒四射的存在——伊萨克·迪内森，以及那些农妇、医生、猎狮者。就因为《走出非洲》，我爱上了伊萨克·迪内森。如果她愿意骑车穿越一大片玉米地，我也愿意骑上车跟随着她。她的狗、她的农庄和“露露”[①]都变成了我的朋友，那些她那么喜爱的当地人——法什、卡曼特，还有农场上所有的其他人——我也全都喜爱。我读《走出非洲》读得过多，太过喜欢这本书，以至于作者变成了我想象中的朋友。尽管我从未给她写过信或者渴望去拜访她，她仍旧在那里，带着她的内敛、她的沉静，还有她那伟大的、使我安心舒适的智慧。这本书中闪耀着她的人性，在那片伟大而悲壮的大陆上，她的人民成为了我的人民，她的风景成为了我的风景。

显而易见，我想要去读她的其他著作，我所读的下一本书是《七个哥特传说》。与《走出非洲》的闪耀相比，《七个哥特传说》这本书具有明显不同的特质。它们杰出、克制，每一篇都给出深思熟虑的艺术作品该有的氛围。从她漂亮文体那陌生的、古雅的特性之中，人们

---

①《走出非洲》第四章中出现在农庄的小鹿。

意识到作者本人是在用一门外语写作。它们有一种清晰的、如硫黄灼烧般的特性。当我身体不舒服或者对这个世界感觉沮丧时，我就去读《走出非洲》，它使我感觉舒适，并且支持我的内心，从来都不曾失败过；当我想从我那肉身中抽离出来时，我会读《七个哥特传说》或者《冬天的故事》；而后来的时候，我会去读《最后的传说》。

大约两年前，美国艺术暨文学学会——我是其中的一名会员——给我写信，说学会已经授予伊萨克·迪内森荣誉会员称号并邀其前来访问。我对见她一面这件事颇有些踌躇，因为伊萨克·迪内森在我心中的形象是如此根深蒂固，我担心真实将会对这一印象造成干扰。但是，我还是去了那场晚宴。在鸡尾酒会时间里，当我遇到学会主席时，便向他提了一个不情之请。我问他，在晚宴聚会的时候，我能否坐在伊萨克·迪内森旁边。出乎我意料之外并使我倍感欣喜的是，学会主席说她也提出想要挨着我坐，因此桌子上的座位牌已经如愿摆好了。学会主席同样也对我提问，请教我们应该怎样称呼她，因为她的名字是卡伦·布里克森-芬内克男爵夫人。我能够跟他说的就只是，在第一次聚会上，我不会叫她“布奇”[①]。我说：“我觉得最好的是‘布里克森’，因此我会称呼她‘布里克森’。”我就是这么叫的，直到我们讨论如何直呼其名的问题时，她请求我喊她谭雅——这是她的英文名字。

人们还能怎样想象一位闪耀的存在呢？我只见过一张她二十岁上下时的照片：身体结实、充满活力，极为漂亮，带着她的一只苏格兰

① 这是个双关戏谑的称呼。“布奇”（Butch）这个诨号也有“充当男性角色的女同性恋者”之意。

猎鹿犬，站在非洲原始丛林的树阴里。我并未具象化地去想象过她这个人。当我遇见她的时候，她看上去非常非常虚弱、衰老，不过，正如她自己所说的那样，她的脸色红润，就好像哪间老教堂里燃着的蜡烛。当我看到她的脆弱时，我的心颤抖了。

当她在那晚的学会晚宴上讲话时，我以前在那儿从未见过的事情发生了——当她完成演讲时，每一位会员都起立鼓掌，向她致敬。

用餐时，她说想见见玛丽莲·梦露。因为我见过玛丽莲几次，加上阿瑟·米勒[①]当时就坐在旁边一桌，我就跟她说，我觉得这件事要安排好是非常容易的。我十分荣幸地邀请到了想象中的朋友——伊萨克·迪内森，请她与玛丽莲·梦露和阿瑟·米勒一起在我家里共进午餐。

谭雅是个特别健谈的人，相当喜欢说话。有着漂亮蓝色眼睛的玛丽莲和我们所有其他在场的人一样，以一种听故事的方式聆听着那些以“很久很久以前……”起头的事。谭雅聊到她的朋友贝克莱·科勒和丹尼斯·芬奇-哈顿[②]。她说话时总是那么热情且温暖，听众们完全想不到去尝试打断她的讲话，或者转换她那奇迹般精彩的话题。

谭雅只吃牡蛎，只喝香槟。在午餐会上，我们准备了很多的牡蛎，还给大胃口的食客备好了特大号的蛋奶酥。阿瑟问她究竟是哪个医生告诉她除了牡蛎和香槟之外其余一概不用的营养食谱，她看着他，回答得相当直爽：“医生？医生们被我的食谱吓破了胆。这不过

---

① 阿瑟·米勒（Arthur Miller，1915—2005）：美国著名剧作家，是玛丽莲·梦露的第三任丈夫。代表作《推销员之死》。

② 同为《走出非洲》中的人物。丹尼斯是男主角，伊莎的情人。

是因为我爱香槟，我爱牡蛎，它们同我是完全合拍的。”稍后，她补充道：“不过，有些令人感到伤心的是，如果牡蛎不当季，那么，在那沉闷的好几个月里，我就不得不回到芦笋上面去了。”阿瑟提到某些有关蛋白质的东西，谭雅应道：“关于那个，我可是一点儿都不懂，但是，我老了，我只吃我想吃的东西和那些跟我合拍的东西。”然后，她就又回到关于非洲朋友的记忆碎片中去了。

与非白人在一起，对她而言是件十分愉快的事。我的管家埃达就不是白人。我的园丁杰西和山姆也都不是。午餐过后，每个人都载歌载舞、尽情狂欢。埃达的一位朋友带来一台摄影棚用的摄影机，那里面存下了谭雅和玛丽莲、我和阿瑟跳舞的影像，以及全体围成大圈跳舞的热烈场面。我喜欢回忆这件事，因为我之后再也没和谭雅见过面。作家们之间很少写信，我们的交流虽不频繁，却也毫不含糊。在我生病的时候，她给我捎来花束和她在昂斯塔德海岸[1]的照片，还有她的奶牛和心爱的狗儿的可爱照片。

去年，在我被邀请去英格兰参加切尔滕纳姆大学庆典讲座时，我给谭雅写信，问她是否可能跟我在伦敦相会。我收到克拉拉的回信，说她不仅不能来伦敦，而且现在几乎已不能从一个房间走到另一个房间了。那之后不久，我从报纸上读到，这位最闪耀的存在去世了。

在伦敦，塞西尔·比顿[2]给我打了电话，说他在谭雅过世前两周，跟她一起待了一个下午。他邀我去喝茶。于是，我到了塞西尔那奇异的屋子里。起居室的墙壁镶了黑色天鹅绒，墙上挂了一张由碧

① 位于丹麦。

② 塞西尔·比顿（Cecil Beaton，1904—1980）：英国著名时装和人像摄影师。

碧·贝拉尔[①]所画的、壮观大气的塞西尔肖像画，是橙色的。贝拉尔是我非常喜欢的艺术家，已经去世差不多十年了。在这一氛围之下，我仿佛能看到满是活力的谭雅正以那漂亮雅致的动作喝着香槟酒，以此代茶，同时向听众们施展魔力，使他们沉迷在她那些已然久远的故事传说之中。我能够想象，她会很享受这儿的装饰风格。

塞西尔说，她去世前两周时，他人在丹麦。他跟谭雅通了电话，告诉她自己在西班牙有个约会。谭雅听了便说："嗯，那就意味着，塞西尔，我再也见不到你了，这使我感到很伤心呢。"于是，塞西尔取消了他在西班牙的约会。在他有空租一辆车开去昂斯塔德海岸之前，她又打电话回来说："塞西尔，我们一直都是很好的朋友，我不希望我们的友谊仅以上一个电话那样令人倍感失望的注脚来结束。"塞西尔说："我正要动身前往昂斯塔德海岸，今天下午应该就可以见到你了。"谭雅在房门口见了他，还有那位司机。当他看见她时，对着她深深鞠了一躬。塞西尔问她是否正受到病痛折磨。她说他们给她用的药量很足，以至于她完全都不会有疼痛。塞西尔给了我她最后一些照片的拷贝：谭雅年长且高雅，置身于心爱的收藏物、祖先们的画像、枝形吊灯和那些漂亮的旧家具之中。克拉拉后来又给我写了一封信，说谭雅被安葬在她最喜爱的山毛榉树下，就在昂斯塔德海岸的海滩附近。

---

① 碧碧·贝拉尔（Bebe Berard，1902—1949）：法国艺术家，时装插画师和设计师。

创作笔录：开花的梦

当我还是个四岁上下的孩子时，经常跟奶妈一起经过一家女修道院。仅仅只有一次，那修道院的大门是开着的。我看到里面的孩子们正在吃蛋筒冰淇淋，玩铁链秋千。我看着，为那场景深深着迷。我想进去，但是奶妈说不行，因为我不是天主教徒。第二天，门关上了。可是，年复一年，我都还在想着，这场我被拒之门外的奇妙聚会上究竟还发生了些什么。我想要翻墙过去，但是我实在太小。有一次我还去捶打那墙壁——我一直都很清楚，在那里面有一场奇迹般的聚会仍在继续，但是我却无缘进去。

精神上的隔离，是我大部分创作的基本主题。我的第一本书与这个主题相关——几乎整本书都与此相关，并且，此后我所有的书也都以这样那样的方式与之相关。爱——尤其是不可偿还、不能接受爱意之人的爱——乃是我所选择描写的怪诞奇异角色的核心。人们身体上的不可去爱和不可被爱，正是他们精神上不可去爱和不可被爱的标志——即他们的精神隔离。

理解一部作品，对于艺术家而言，去注视，去感知，去体验那些作者所写的东西，在情感上切合中心很重要。在哈罗德·克勒曼之前——衷心感谢他执导了《婚礼的成员》——我想我很多年前就已经在那个房间里导演过了其中的每一处细节。

在作品完成之前，一部艺术作品的内蕴几乎不能被作者所感知。这就好似正在绽开着的梦境。念头静悄悄地生长、抽芽，在作品完成的过程之中，每天都会有数以千计的灵感纷至沓来。在创作过程中，一粒种子在生长，就好像在大自然中那样。创作的种子藉由有意而为的精心炮制和无意识的巧思妙想，以及这两者之间的冲突争斗来生根、成长。

我仅仅理解局部。我理解角色，但是小说本身却无法对焦，以至于含混不清。清晰的情节会在任何时刻到来，没人能够弄明白什么时候，尤其是对于作者而言。在我这方面，它们常常伴随着巨大努力而来。对于我，这些启示乃是用心琢磨所得到的恩赐。我所有的作品都是如此催生。对于依赖于这些启示的一个作家而言，它既危险又美妙。在长达数月的混沌和艰辛之后，灵感开花结果，如与神明同行。它总是从潜意识中而来，没有办法控制。有那么一整年时间，我在写《心是孤独的猎手》，却又完全不理解它。每一位角色都在跟一位主角对话，但是我却不知道为什么。我甚至几乎已经决定，这本书不应该是长篇小说，应该将它分拆成一些短篇故事了。但是，我却可以感觉到，当萌生此种念头时，身体内部产生了一种残缺感，我对此感到绝望。我已经写了五个钟头，于是到外面去透了透气。突然之间，当我横穿一条马路时，我想到了哈利·米诺维茨这个所有其他角色都与之对话的角色，他是个不一样的人，是个聋哑人。于是，骤然之间，这名字变成了约翰·辛格。这本小说于是被清晰对焦了，我也第一次全心接纳承认了《心是孤独的猎手》这本书。

知道什么？不知道什么？来自美国大使馆的约翰·布朗前来拜访，他伸出长长的食指说："我钦佩你，卡森，因为你的无知。"我问："为什么？"他回答道："黑斯廷斯战役发生在哪年，是关于什么的？滑铁卢战役发生在哪年，是关于什么的？"我说："约翰，我认为我并不怎么在意。"他说："那就是我的意思。你不会让现实发生的事情来影响你的思想。"

在《心是孤独的猎手》几近完成的时候，我的丈夫提到，在邻近的镇子上要召开一次聋哑人大会，他觉得我会想去参加，并且观察他们。我告诉他，这是我最不会去做的一件事，因为我已经完成了我对聋哑人的构想，不希望再被干扰。我推测，詹姆斯·乔伊斯也具有一样的品性，因为他住在国外，从未再次造访过他的故乡，他的都柏林感觉是永远固定的——也正是如此。

一位作家的最大优点，就是直觉，过多的事实会阻碍直觉。一位作家需要知道太多的东西，但是也有很多的东西他不需要知道。他需要知道种种人间事，即使它们并不"健全"，如同他们经常所称的那样。

我每天都认真阅读《纽约时报》新闻版。我知道那条发生刺杀案的情人小巷的名字，以及那些《纽约时报》从来不去报道的细节情况，这些是很有趣的事情。在斯丹登岛[①]那起尚未解决的谋杀案中，有趣的是，当医生和他的妻子被刺死时，穿的是摩门教徒[②]的中袖睡衣。莉兹·玻顿[③]的早餐——在那个她杀死她父亲的、闷热难当的仲夏日——是羊肉汤。细节描写总是可以比概述提供更多的亮点。“耶稣左胸被刺破”这件事，比区区“耶稣被刺破”要来得更加煽情和更吸引眼球。

人对畸态的指责无从申辩。一位作家，他只可以说自己是循着潜意识里那稍后会抽芽开花的种子在写作。大自然的万事万物都不是畸态的，只有枯燥无味才是畸态。任何脉动着的、挪动着的、在房间里四下走动着的，不管是在做些什么，对作家而言，就是自然和人性的。事实上，那位约翰·辛格在《心是孤独的猎手》中就是位聋哑男人，是个符号；潘德腾上尉在《金色眼睛的映像》中就是个同性恋者，同样也是个符号——关于残障和阳痿的符号。那聋哑人辛格则是疾病的符号，并且，他爱上了一个无法接受他爱意的人。符号启发故事、主题和事件，它们如此交织混杂在一起，以至于人们没有办法弄清，这种“启发”究竟从何开始。我置身于所写的角色里，太过于浸身其中，于是他们的行动也变成了我自己的。当我在写一个小偷时，我就成为一个小偷；当我在写潘德腾上尉时，我就成为了一个同性恋男人；当我写一个聋哑人时，我就在故事进行当中变得不能说话。我

---

① 斯丹登岛（Staten Island）：位于纽约市。

② 摩门教允许一夫多妻。

③ 莉兹·玻顿（Lizzie Borden，1860—1927）：传奇杀人犯，据信她用斧子残忍杀害了自己的生父和继母，却因为证据不足而被无罪释放。

成为自己所写的角色，并且颂扬拉丁语诗人特伦斯[①]，他说过，“人间事对我而言不足为奇”。

我写《婚礼的成员》的舞台剧版本时，正处在瘫痪期，我的外在状况简直糟糕透了。但当我完成了手稿时，我给一个朋友写了封信说：“噢，当一个作家是多么美妙呀，我从来没有这么开心过……”

当写作进行得不太妙的时候，没有哪一种生活比作家更悲苦了；但当写作进展良好时——当神启照临在一部作品上时——写作如行云流水般推进，没有比这更令人感到高兴的事了。

一个人为什么写作？从经济角度上讲，写作确实是最得不偿失的一门营生。我的律师告诉我《婚礼的成员》这本书的收益如何，结论是，我花了五年时间在这本书上，每天净挣二十八美分。具有讽刺意义的是，舞台剧《婚礼的成员》却挣了太多的钱，以至于我不得不将百分之八十上缴政府。对此我感到高兴，或者至少应该为此感到高兴。

事情肯定是这样的，人是基于某些关于交流与自我诠释的潜意识需要而写作的，写作是一场漫游、做梦的营生。人类的才智藏在潜意识之下，正在思考的心灵被想象力完全控制了。然而写作却不是完全无组织和非理性的，某些最好的小说和散文就跟电话号码一样精准，但是只有很少的散文作者能够达到这个境界，因为激情和诗性的精粹在此乃是不可或缺的。我不喜欢“散文”这个词，它太乏味了。好的散文应该跟诗的轻盈融合起来，散文应该跟诗相似，诗应该像散文那

---

① 特伦斯（Terence，前 220—前 160）：古希腊诗人。

样言之有物。

我喜欢思考安妮·弗兰克[1]以及她广为传播的事迹，那不只是属于一个十二岁大孩子的事迹——还是关乎良知与勇气的。

这其中确实有隔离，但更多的却是肉体上而非精神上的。好几年前，安妮·弗兰克的父亲按照约定跟我在巴黎的洲际酒店见面，我们一起谈天，他问我是否愿意将他女儿的日记改编成剧本。他也给了我那本书——我之前并没有读过。但是，当我读那本书时，我感到很烦躁，浑身不舒服，我必须告诉他，在这种状况下，我是没有办法改编剧本的。

悖论是一条交流的线索，因为那些“否”往往导向“是”。尼采有次给柯西玛·瓦格纳写信：“哪怕这世上只有两个人懂我也好！”柯西玛懂他。数年之后，一个叫阿道夫·希特勒的人在对尼采误读的基础之上，建立了一整套哲学体系。吊诡之处在于，像尼采这般伟大的哲学家，以及像瓦格纳[2]这般伟大的音乐家，却对本世纪这个世界所遭受的苦难贡献巨大。一个蠢人的片面理解乃是扭曲且主观的理解，并且，正是在此种理解之下，尼采的哲学、理查德·瓦格纳的创造成了希特勒那情感诉求的中流砥柱，并以此诉诸广大德国民众。他有能力将伟大的理念歪曲为他那个时代的绝望——这是我们必须去牢记的、真真切切的绝望。

当有人问我谁影响了我的创作时，我列出奥尼尔[3]、俄国作家、

---

①《安妮日记》的作者。

② 威廉·理查德·瓦格纳（Wilhelm Richard Wagner，1813—1883），德国作曲家。他是德国歌剧史上一位举足轻重的人物。

③ 即尤金·奥尼尔，美国著名剧作家。

福克纳、福楼拜。《包法利夫人》看起来似乎写得惜墨如金[1]，但这是所有时代中写得最为费力的书之一，也是作者最为深思熟虑的书之一。《包法利夫人》是福楼拜生活的那个世纪真实声音的集合体，是他那个时代现实主义对浪漫主义的抗争。在福楼拜那清澈无瑕的优雅之中，仿佛文字直接从笔管里涌出，根本无需经过思考这一环。这也是他第一次作为一名作家来面对他的真实。

只有借助想象与真实，你才能知道一篇小说所需要的东西。单就现实而言，对我来说一直都不怎么重要。一位老师曾经说过，一个人只应该去写他自己家的后院。对于这一点，我猜她的意思是一个人应该去写他最为熟悉的东西。但是，有什么东西是比一个人自己的想象更加熟悉的呢？想象力以悟性来组合记忆，以梦境来排列现实。

人们问我为什么不常常回南方。其实，南方对我而言是一种十分情绪化的体验，充满了我童年时光的全部回忆。当我回到南方时，总会陷入变化之中，于是，到乔治亚州的哥伦布市，便会唤起那些爱恨情仇。我书中的背景，或许总是设置在南方，而南方永远都是我的故乡。我爱黑人们说话的腔调——像是一条条的泥浆河。我感觉到，当我真的前往南方短期旅行时，凭借我自身的记忆以及报上的文章，我仍旧拥有属于我自己的现实。

很多作者发现，描写童年时代所不知道的新环境，是一件困难的事情。来自童年时代的声音音调很真实。还有那些树叶——童年的树丛——回忆起来更为清晰。当我描写不是南方的某个地方时，我会犹

---

① 指福楼拜创作上追求精益求精，将一千八百页的书稿删节到最后只剩不到五百页一事。

豫这里的鲜花什么时候绽放，以及会有哪些种类的花。除非角色是南方人，否则我几乎不让他们开口说话。沃尔夫写的布鲁克林宛若神来之笔，但更精彩的是南方人的腔调以及他们说话的方式。对于南方作家而言，这些都相当真切，因为这不仅仅是他们说话的方式以及树叶，而是他们的整个文化——家园中的家园。不论政局如何，不论一位南方作家的自由主义程度或者非自由主义程度如何，他仍旧是跟这种关于语言、乡音、树叶和记忆的奇异的地域性紧密相连的。

很少有南方作家确实是世界性的。当福克纳在写作关于英国皇家空军①和法国的主题时，他便总是令人觉得难以信服——而对于他关于约克纳帕塔法郡②乡间的每处描写，我却都心服口服。确实，对我而言，《喧哗与骚动》大概是最好的美国小说了。它真实、恢宏，并且最重要的是，它自真实与幻梦的枝干上，如神赐般地融合为一种温柔。

海明威则恰恰相反，他是所有美国作家中最具世界性的。他的家在巴黎，在西班牙，在美国，他的童年还拥有一堆印度故事。或许这就是他的风格：一种传递、一种美丽成熟的表现形式。海明威这样的老手精通如何去创造，知道如何使他的读者们信服他那千变万化的外在形式。在情感上，他则是个流浪者。在海明威的风格之中，有些东西被他创作中的情感内容所遮掩了。相较海明威而言，我更喜爱福克纳，因为我被那种熟悉所打动了——他的写作使我想起了我自己的童

---

① 1918 年 7 月福克纳加入英国皇家空军（Royal Air Force），成为见习飞行员在加拿大受训。
② 约克纳帕塔法郡（Yoknapatawpha）：一个属于南方的虚构地名。福克纳的很多小说都设置在这个地方，原型是他故乡所在的拉斐特（Lafayette）郡。

年，并且还创立了一种追忆那种语言的标准。在我看来，海明威不过是将语言作为一种写作风格而已。

天赋的作家是梦想家，一个意识清醒的梦想家。除去爱，以及随爱而来的直觉，一个人还能怎样将自己置身于另外一个人之中呢？他必须想象，想象会带来谦逊、爱意以及巨大的勇气。不凭借爱以及与爱同行的斗争，你怎么可能创造出一个角色来呢？

我花了很多年时间创作一部小说，叫作《没有指针的钟》，大概再要两年时间，就可以完成了。我的书都花了很长时间。这部小说正处在夜以继日、全心投入的完成进程中。作为一个作家，我在创作上一直十分努力。然而，作为一个作家，我也知道光靠努力创作是不够的。在努力创作的过程当中，必须要有些灵感冒上来——神赐的火花，可以将作品导向清晰和均衡。

当我问田纳西·威廉斯①最开始是怎样想到写《玻璃动物园》时，他回答说，他在祖父一位教友的屋子里看到的窗纱给了他灵感。从那时起，这就变成了他称作“回忆剧”的玩意儿。关于窗纱的回忆是如何交融到他孩童时代的记忆中的，他和我都弄不明白，不过潜意识确实也没那么容易弄明白。

创造——无论在哪种艺术形式中——是如何开始的？在田纳西以“回忆剧”的形式写作他的《玻璃动物园》时，十七岁的我正在写《神童》，这也是一种回忆，尽管不是真实的回忆——这是对那些回忆

---

① 田纳西·威廉斯（Tennessee Williams，1911—1983）：美国二战后最杰出的戏剧家之一。其创作生涯长达四十多年，写出了诸多优秀剧本。四次获得纽约剧评奖，两次获得普利策奖。《玻璃动物园》是他极为知名的剧本作品。

的投影透视。那是关于一个学音乐的年轻人的故事。我没有去写我现实中的音乐老师，而是写了我们在一起研习的曲子，因为我觉得那样更真实一些。想象比现实要更真实。

那炽烈的、奇异的爱——古老的特里斯坦与伊索尔德[1]之爱与厄洛斯[2]之爱（比之对上帝的爱、友谊之爱、无私大爱[3]要稍显黯淡些），还有古希腊的享乐之神，兄弟爱之神，男人之神，这些就是我试图在《伤心咖啡馆之歌》中展示的爱密利亚小姐对那个驼背小子的古怪的爱——那是她的表哥李蒙。

作家的创作，断然并非仅是来自于他个人，同时还与他出生的地点密切相关。我有时会对被他们称作“南方哥特文学学派”的东西感到好奇，在那里面，诡奇和高尚搅和在一起——南方那种人命廉价的情况，并不是导致这一现象的主因。在那方面，俄国人和南方作家们很相似。当我童年时，南方几乎是个封建社会。不过，因为种族问题比俄国社会更甚的缘故，南方要比俄国复杂。对于很多孑然一身的南方穷人而言，唯一拥有的骄傲就是——他是个货真价实的白人。当一个人的自尊心被如此卑劣地贬低时，这个人又该怎么去学会爱呢？总而言之，爱是所有好作品的主要发生装置。爱、热情、怜悯，全都被牢牢地焊在一起。

在交流之中，把一件对某人说的事情再对另一人说，就变成完全不同的事情了。然而，就本质而言，写作就是交流，并且，交流是通

---

① 指瓦格纳歌剧《特里斯坦与伊索尔德》，改编自西方家喻户晓的爱尔兰爱情悲剧传说。

② 希腊爱神，即罗马神谱中的丘比特。

③ 即耶稣所言关于爱的第三境界：交托之爱（出自希腊语 Agape），为身、心、魂之爱，是爱的至高境界。其上“厄洛斯之爱”亦作欲望之爱，为爱情的最低境界。

往爱的唯一途径——通往爱，通往良知，通往自然，通往上帝，以及通往梦想。对于我而言，我陷入自己的作品越深，我读我所爱的段落越多，我就越能够了解梦想，了解上帝的逻辑——千真万确，这是在与神同行。

诗歌集

抵押出去的心

死亡要求双重的视野。一个更进一步的区域，
关于分担的朦胧决断。因为死亡能够言说
爱人的情绪，抵押出去的心。

瞧着灰雨当中，果园里的花朵绽放
那冷冷的玫瑰色天空，带来孪生的惊喜。
忍受每次的召唤，一次，再一次；
双倍的体验——意识便唤醒了职责。
下令那颤抖着的灵魂，在瞬间鼓起勇气
服务于灵魂分裂的我主，
或者像一个无家可归的分身
盲目的爱，大约会去流浪。

抵押出去的死亡，已然知晓。
预备好那珍贵的花圈，安置花环的屋门。
但那隐匿的尘灰，卑下的骸骨——

死亡它本身，是否知晓？

当我们迷失时

当我们迷失时，那些影像反映了什么？
空无一物，与空无一物相似。然而空无一物
却不是空白。它构筑了地狱：
冬日下午里被人注意到了的时钟，怀抱恶意的星辰，
繁复过分了的家具。全都各不相干
还有之间相隔的空气。

恐惧。是关于空间，抑或时间？
或者联结这两个概念的诡计？
致自作自受的废墟之间，迷失、郁结之物，
那都并非空气（如果这确非诡计的话）
乃是凝固了的悲恸。当那时间，
永不停歇的蠢物，尖啸着奔走世间之时。

双重天使

关于起源与选择的冥思

路西法的咒语

天使，缴下了武装，抛开了你的诡诈，终究讲出了
天堂与地狱之间，种种暗流、驿站与海拔。

或者，是这些滚烫的星辰，对你们天界那些微弱的欲念而言，太过嘈杂，

虚无延绵不绝的地带，对你那专横傲慢的手来说，是太过诡异离奇了么？

你是否已承认，周遭环境的冲击与变迁，

是这万古无尽的凶险

抑或仅是粗鄙如一场冗长的舞会？

于一片光怪陆离之间，你是否仍在露天野营

相比较无限的炫彩，与霓虹的灯火？

在下坠的飞行当中，你永远无法被安慰

唾弃亲密关系和玫瑰、半没的夕阳、清晰世界赋予的舒适安心，

避免彩虹不顾一切地撞向满天繁星？

你那无情的巫术，须臾之间便捕捉了韵律

之于宇宙，之于行星的运转，之于原子的悖论。

不过给了你一个或两个领域，拿来玩猜谜游戏

至高的神秘，与时空紧密相连。

你那些疾驰的情绪，何曾回过头

奔向你曾掠夺和蔑视过的天堂？

你是否曾惊异过呢，有那么一次哭泣吧？

当靠近大地时，再用那背信弃义的双眼窥一眼天堂，

背信弃义的双眼呐，再看上一眼

带着未来辽远处极乐狂喜的预感
在你随着第一个吻与最后一个吻颤抖之前。

许门[①]，噢，许门

彼时，当最年轻的星球尚在形成
那里只有旋绕翻滚的海洋，大地仍在变化不停。
彼时，这里花园不在——但神却在。
因为当太阳爆炸时，神选了星空中较荒芜贫瘠的那一侧
在地球上扎根下来，在做一场实验研究。

对于那场会面，我们一无所知，完完全全一无所知
只有那面墙上那恐怖的、变幻无常的火光。
因为我们只知道，这件事发生过了，这是谁也猜不准的事情
退位的天使，如何去求助，如何去找到神所残留的痕迹。

瞧呀，风驰电掣的皇帝，万众瞩目
他那艰难冒险所获的荣耀，他的头发闪耀如星光
在大洋的尽头登陆，向着海滨大步行走
光芒四散的高贵与傲慢，直到
青筋突布的脚背蹒跚，逐渐黯淡了那掠夺的眼神。
瞧呀，胆怯畏缩的皇帝，对抗那紫罗兰色的海洋，还有那洪荒初

① 许门（Hymen）：希腊神话中的婚姻之神。该词亦有处女膜之意。

始的青空。

献此项敬意于国王那几乎不可能解释的权威

因为在天国停滞之后，神早已悄然宁静地离去。

深思熟虑，无声无息，却是在一切所需，已然备妥之后

开天辟地之人，手中握有国王的权杖么？

无尽领域的统治者，繁盛对他而言，几无意义。

他黝黑的容颜混淆飓风与骄阳，无所不能的手，在冲突与不和之间颤动作响。

在空荡荡的神秘的海洋之中，感觉生命奥秘的奇迹。

当两极被偶然发现时，去想象那神奇的偶遇。

当关于爱与哀愁的星辰，与撒旦那如镶嵌宝石般闪耀的目光交会。

关于洪荒太初，我们一无所知，当真一无所知。

只有那面墙上那个，一位古老乳母被火焰燃起的图腾，摇曳惊恐，变化不停。

我们一无所知

关于无休无止的欲望的颤音

直到腹腔里的神经丛簇开始战栗

乐团向着芸芸众生奏乐，歌声响起。

欲孽之后，生灵感伤[①]。

悲哀，而后沉沉睡去，正午的火焰，爱情的愉悦。

---

① 原文为拉丁语。

这个婚礼之夜，没有见证人
只有无生命的海景图，以及铰锁一处的天使之力。
因此，现在，我们用子孙辈的好奇心来推测，
构建那爱意与沉思的夜晚
在我们父亲的臂弯里，依凭撒旦的沉着：
风驰电掣已寂，阴影且安详。
撒旦我们能够理解——但神的旨意又若何
我们被创生之前的、那个洪荒之夜？

翌日，他完成了他的实验
于海洋之中，找到了他意欲赋予生存意志的原子
用他那大能的手，去精心照料，教它们如何生存
造物的惊奇，受他的爱及关怀注视
跨越大洋，却不知撒旦那往来各洲的独眼亦在
在起始之时，正视终结，与神之生命角力，
那只狡诈的独眼，用了撒旦的匕首，将那原子，切成薄片。

爱，以及时间的外壳

人们应该加倍去小心的时间，是什么：
地球的寿命是五十亿年，
容许有几亿上下的计量误差

而人类的进化，不过区区五十万年，意识的觉醒，黎明与恐慌
只是那不朽的一瞬，将我们与那些无知的兽类，区分开来
我们离蕨类植物有多远，离蔷薇呢，离原生的酵母又若何？
千真万确，在这些弧光之间，万古永世又有多远
从动物到晚星？

穿梭当下，将目光加诸永恒之上
目光向后向前，几无二致
无论是莫扎特，还是疾病缠身的快餐店厨子
除非是神启改变了他们的生命路线
除了我们更愿意成为莫扎特——我们想要存在得尽可能久远，被播撒，被传唱
尽管在永恒之中，这都或许会是同一件事。

据悉，在神的宇宙当中
没有东西会流逝，没有基因会遗失
数个世纪之后，或许会在运动之中四散充满
它将会及时指引那条路线。

那些发现活着稍许艰难的
于是因此就活得稍许艰难了，
海洋的温床里那些奋斗拼搏的基因
注定交付给随机产生的细胞们

然后演进到鱼类，然后是兽类
以大量繁殖的头脑，统领了陆上的狂欢
星球的表面，遍布恐龙与杂草
在时间的外壳上，最远处的星辰已然遭遇了危险
在人类的内心当中，需要多久才能掘出爱意？

双重天使

世界，在撒旦的怒视之下，惶惶然孤立
就像是乡间的孩子，目光灼灼注视那嘉年华市集
在秋千上无视任何恐惧，全力摇荡，到那听不见声音的领域，
这世界被忽视了的尖啸，迷失、飙升远去在太空里，
那些在地狱的土地上被摧毁、击倒，继而死去的人们的绝望
——又或者在地上再多匍匐挣扎，那么一小段时间。

辐射区里，被诅咒的耳朵听见了尖啸
面颊上挂着的眼珠子，必定看着这烧焦了的、彩虹色的裂纹——
地球成了孤儿，原子是罪魁祸首，每个人都孤单。
狂人的智力，将至远的距离与至远的时间绞合一处，
使人激动的抽象，在一层、二层、三层之间跃迁，
违背至亲的伦理，将人们与人们分离，
目光远渡重洋，无意间聚焦在一粒沙中。全能的神！

经过五十万年的时间，这恰是决意的世纪
在不堪的牺牲与人们变异了的视野当中。
这里有开花的植物、野兽和双重的天使，
生命在以死亡的力量相搏，并且，
意识到胜利，推测出曙光在前。

父亲，在你的图景当中，我们正被逾越

我们为何出卖我们的双重天性，我们在谋划些什么？
父亲，在怎样的图景当中，我们正被逾越？
在对与错的花园之中，变得无所适从
被善与恶的颠来复去所嘲弄
被放逐者的后裔。路西法，以及你那万有的儿子的兄弟
当你的创造刚刚开始时，谁说它已经结束了。
我们承受分隔与分离的伤痛
以那颗同基督的幻景一同闪烁的心：
于是尽管我们被曲折地显露出了本性，双重的谋划，
父亲，在你的图景当中，我们正被逾越。

再见了

石非石

有那样的一段时期，石头就是石头

街中遇到的脸庞，乃是一张完整精致的脸。
在物、我及上帝之间
存在一种瞬时的对称。
自从你改变了我的整个世界，这三位一体的结构，就开始动摇了：

石非石
那些脸庞，仿佛梦中碎裂了的人物，不再完整
直到孩子那稚嫩未成型的脸上
我才认出你那被放逐的双眼。
攀爬闪光天梯的战士，留下了你的影子。
今晚，这个被撕裂了的房间，它沉眠
在那因你而蜷曲了的星光之下。

萨拉班德①

如果可以的话，甄选你的哀痛，
修订你的讽刺，甚至带着诡诈去哀悼。
调整成一个分裂的世界
它需要你坦率的情绪，去屈就迷宫般复杂的诡计
大自然的炼金术所提供的
给那矮小的、头发脏脏的杂货店男孩

① 西欧古老舞曲的一种。十六世纪初由波斯传入西班牙，继而传遍西欧大陆。

阿波罗之光，或者金色风信子，那传说中的凝望。
如果你必须要穿过四月的公园，机灵点儿：
回避夜的声响，远处的眼神
以免你被当作是个危险分子
只得去恳求那晚星。

你那令人绝望的神经，将笑声与灾祸融合
那杂乱无章一旦开始
便群集未经筛选的愁苦
你绝不可能一个一个对付区分。
世界嘲笑你的温柔
囚禁你的欲望。
被你所有“必须”的悖论，给弄得手足无措
从地平线转向地平线，从正午转向黄昏
或许只有你能够明白：
在一个温和的、海上的、如金闪耀的蔚蓝午后
天空那温和的蓝色，好像一只中国的瓷碗
哈特·克兰[①]的遗骨，水手们和药店店员
洋底洼地里的节拍，同一首的萨拉班德。

① 哈特·克兰（Hart Crane，1899—1932）：美国诗人。生前只出版过两本诗集，《白色楼群》和《桥》。

年 表

一九一七年　露拉·卡森·史密斯二月十九日出生于佐治亚州首府哥伦布，是拉马尔和玛格丽特·沃特斯·史密斯的第一个孩子。

一九二六年　开始上钢琴课。

一九三〇年　去掉名字中的“露拉”，立志要成为一名钢琴家。

一九三二年　身患严重的风湿热，当时被误诊，这件事之后被认为与她晚年的中风关系密切。据信，就是在这一年，她告诉最要好的朋友，她决定要成为一名作家。

一九三三年　自哥伦布高中毕业，开始写作剧本和她第一部短篇小说《吸管》，这篇小说最终在一九六三年得以出版。

一九三四年　乘坐汽轮从萨瓦纳前往纽约市，先是在哥伦比亚大学登记参加了文学创作班，在接下来的一年，进入纽约大学学习。

一九三五年　与小詹姆斯·利夫斯·麦卡勒斯相遇。

一九三六年　第一篇正式刊载的短篇小说《神童》挣到二十五美元的稿费，这个短篇刊登在该年十二月号的《故事》杂志上。再一次患上风湿热（这一次被误诊为结核病）。在养病期间，开始筹划她的第一部长篇小说。

一九三七年　与利夫斯·麦卡勒斯结婚，搬家到北卡罗来纳州的夏洛特市——利夫斯在那里的零售信用公司找到了工作。她开始撰写一部她称为《哑巴》的小说。

一九三八年　搬家到北卡罗来纳州的费耶特维尔市。提交了《哑巴》的六个章节及故事大纲参加米夫林出版公司新人出道作大赛，赢得了一份合同，以及五百美元的出版预付款。

一九三九年　完成《哑巴》，开始写第二部长篇小说——《军中来信》，稍后被更名为《金色眼睛的映像》。筹划第三部小说，《新娘和她的兄弟》，亦即后来的《婚礼的成员》。

一九四〇年　《哑巴》更名为《心是孤独的猎手》，由米夫林出版公司出版。出席佛蒙特州明德学院的布莱德·洛夫作家会议。《金色眼睛的映像》分为两个部分，于该年十月和十一月在《时尚芭莎》①杂志上发表。与利夫斯分居，搬到布鲁克林的一家社区公屋居住；同住的房客包括

① 全球历史最为悠久的顶级时尚杂志，一八六七年创刊。

威斯坦·休·奥登[1]和吉普赛·罗斯·李[2]。

一九四一年 《金色眼睛的映像》由米夫林出版公司出版。造访萨拉托加温泉市的耶都艺区，并在那里完成了《伤心咖啡馆之歌》。开始跟利夫斯办理离婚。第一次脑中风之后，在这一年的晚些时候患上严重的肋膜炎、链球菌喉炎和肺炎。

一九四二年 《树·石·云》被选入《欧·亨利纪念奖小说年选》。获得古根海姆创作基金。糟糕的健康状况迫使她取消了前往墨西哥的旅行。利夫斯延长服役时间。

一九四四年 病情更为严重。父亲去世。利夫斯在诺曼底战役中受伤。《伤心咖啡馆之歌》被选入《最佳美国短篇小说年选》。

一九四五年 与利夫斯再婚。完成《婚礼的成员》。

一九四六年 米夫林出版公司出版《婚礼的成员》。在南塔克特岛上与田纳西·威廉斯一道将《婚礼的成员》改编为剧本。再获古根海姆创作基金，与利夫斯前往巴黎。

一九四七年 两次严重中风，第二次中风令她左臂瘫痪。回到纽约。

一九四八年 与利夫斯分居，尝试自杀，后与利夫斯和解。公开支持哈利·S. 杜鲁门的总统竞选。

一九四九年 新方向出版公司出版《婚礼的成员》(剧本)。

---

① 威斯坦·休·奥登(Wystan Hugh Auden，1907—1973)：英国出生的美国诗人，是继叶芝和艾略特之后，最重要的英语诗人。

② 吉普赛·罗斯·李(Gypsy Rose Lee，1911—1970)：美国三十年代脱衣舞明星，一九三七年登上银幕。代表作有《玫瑰影后》《巴格达的姑娘们》等。

一九五〇年　《婚礼的成员》在百老汇帝国大剧院首演。作为当季最佳剧本，这部舞台剧赢得了纽约戏剧评论家奖。再次与利夫斯分居。

一九五一年　米夫林出版公司出版《伤心咖啡馆之歌与其他作品》。开始创作她称之为《碾槌》的作品（其中一部分将会成为长篇小说《没有指针的钟》）。

一九五二年　与利夫斯一起回到欧洲，在巴黎附近买了一所房子。短暂参与电影《终点站》剧本的创作。《婚礼的成员》电影版上映。

一九五三年　利夫斯试图说服卡森一同自杀。她返回纽约。利夫斯在巴黎的一家旅店里自杀身亡。

一九五四年　在耶都艺区度过数月时间，创作《没有指针的钟》和一部剧本《奇妙的平方根》。

一九五五年　在基韦斯特同田纳西·威廉斯一同创作。母亲猝亡。

一九五七年　《奇妙的平方根》在百老汇首演，但是经过四十五场演出后即撤剧。

一九五九年　手臂和手腕进行两次手术。开始写作儿童诗歌。

一九六〇年　完成《没有指针的钟》。

一九六一年　再次手术。《没有指针的钟》由米夫林出版公司出版。

一九六二年　确诊乳腺癌，被施以乳房切除术。左手再次手术。

一九六三年　爱德华·阿尔比[①]的改编剧本《伤心咖啡馆之歌》在百

---

① 爱德华·阿尔比（Edward Albee，1928—　）：美国剧作家。

老汇首演。

一九六四年　右侧髋骨骨折，左侧手肘粉碎性骨折。儿童诗集《甜如泡菜净如猪》由米夫林出版公司出版。

一九六五年　首本麦卡勒斯研究著作——奥利弗·伊文思的《卡森·麦卡勒斯：她的生命与作品》出版。

一九六六年　与玛丽·罗杰斯[①]合作，将《婚礼的成员》改编为音乐剧。撰写自传《神启与夜之光》(于一九九九年出版)。

一九六七年　因“对文学作出的杰出贡献”获亨利·贝拉曼奖。最后一次中风，重度脑出血，昏迷四十七天。卡森·麦卡勒斯于九月二十九日逝世，埋葬在橡树山公墓，墓碑就在哈德逊河的河堤旁。《金色眼睛的映像》电影版上映。

一九六八年　《心是孤独的猎手》电影版上映。

一九七一年　米夫林出版公司出版《抵押出去的心：短篇小说及非小说作品集》，由卡森的妹妹玛格丽塔·G. 史密斯负责编辑。

---

① 玛丽·罗杰斯(Mary Rodgers，1931—　)：美国音乐剧作家、编剧。